Nouvelle Collection illustrée. L'ouvrage complet **95** centimes.

HENRI LAVEDAN
DE L'ACADÉMIE FRANÇAISE

Leur Beau Physique

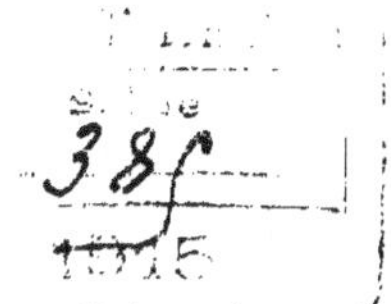

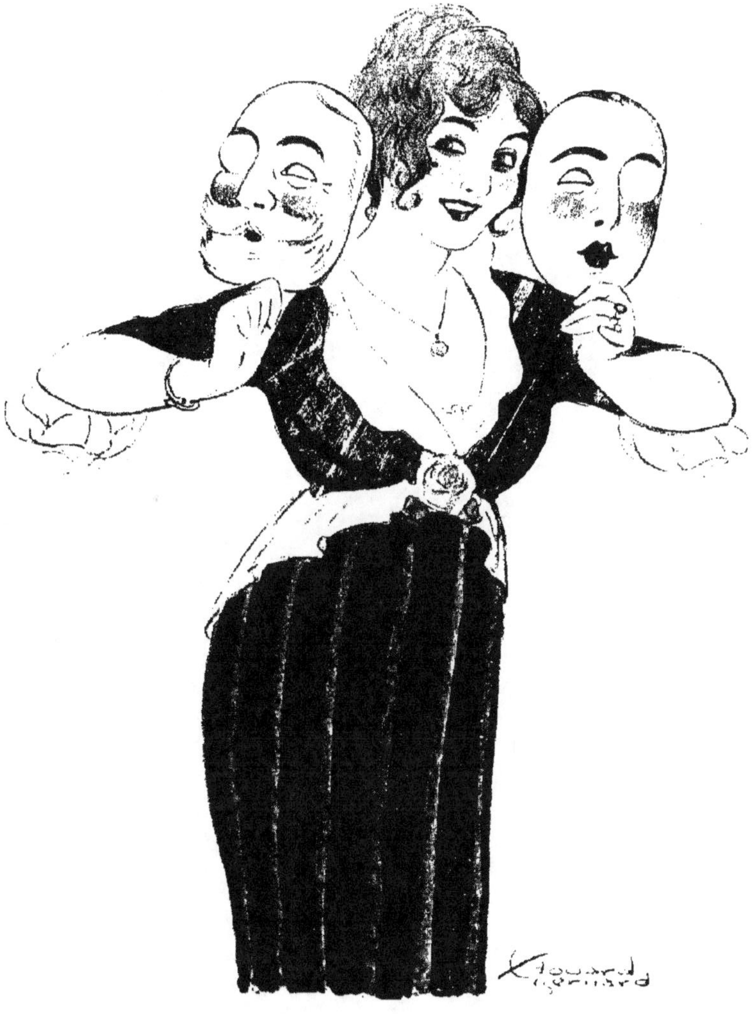

Calmann-Lévy, Éditeurs

LEUR BEAU PHYSIQUE

Paris. — Imp. L. POCHY. 52, rue du Château. — 470-11

HENRI LAVEDAN

DE L'ACADÉMIE FRANÇAISE

Leur Beau Physique

ILLUSTRATIONS

DE

ÉDOUARD BERNARD

PARIS

CALMANN-LÉVY, ÉDITEURS

3, RUE AUBER, 3

Le Temps

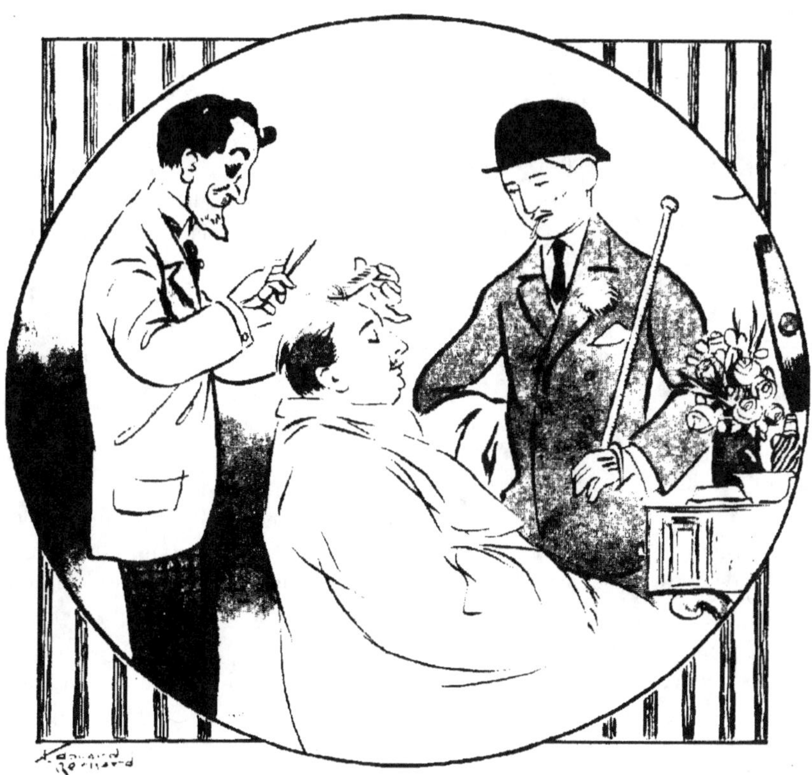

CHEZ LE COIFFEUR

RAOUL DES PETITS-CHAMPS, 25 ans, court et gros.
PAUL DORLOTON, 23 ans, court et maigre.
HONORÉ, 40 ans.

Deux heures de l'après-midi, chez un de nos éminents coiffeurs. Raoul des Petits-Champs pousse la porte du Salon ; aussitôt le garçon Honoré, qui a l'habitude de le servir, se lève du siège où il était vautré, en criant d'une voix joyeuse : « Par ici, Monsieur ! »

Des Petits-Champs, traînant la jambe, esquisse un pâle sourire, se laisse enlever chapeau, canne et pardessus, et tombe avec fatigue dans le fauteuil de bureau dont Honoré a prestement retourné du côté frais le coussin de cuir. Et les pensées suivantes s'échangent :

HONORÉ. — Que faisons-nous?

RAOUL. — Ce que nous faisons... Ah! voilà! Nous faisons quelque chose de très grave, Honoré. *(Montrant sa coiffure.)* Nous bouleversons tout ça.

HONORÉ. — Nous touchons à ce qui existe? Nous changeons les cheveux plats avec la raie?

RAOUL. — Oui, Honoré, nous les hazardons, les cheveux plats : je les ai assez vus. J'ai soif d'autre chose.

HONORÉ. — De quoi?

RAOUL. — D'une Bressant.

HONORÉ. — Oh !...

RAOUL. — Attendez avant de crier. Pas la Bressant bête et vieux jeu. Non, la Bressant tempérée.

HONORÉ. — La Bressant de transition. C'est différent, alors. Les cheveux élancés et la pointe adoucie.

RAOUL. — C'est ça. Parce que, vous comprenez, à force de me regarder, j'ai réfléchi. Les cheveux lisses, un peu traînants dans le cou, comme je les avais, tout le monde a sauté là-dessus. C'est devenu banal, et puis c'est lourd, ça pèse cinq cents et ça comprime les idées. Au contraire, tout droits, c'est plus aéré, plus franc, plus camarade.

HONORÉ. — Oui. Le travail est difficile, mais quand on peut l'obtenir bien rond, c'est une coiffure très jolie, très tendre à l'œil. Monsieur a la figure extrêmement large...

RAOUL. — Pas tant que ça!

HONORÉ. — Si, et les joues bombées ; aussi, je crois que cette coupe-là lui ira dans la perfection.

RAOUL. — Moi, j'en suis sûr.

HONORÉ. — Alors, nous marchons?

RAOUL. — Nous marchons.

HONORÉ, *peignoir, serviettes.* — N'ayez pas peur, je ne casse pas votre col. Un journal? L'*Amusant*?

RAOUL. — Non. Je ne peux pas lire pendant qu'on m'opère. Il faut que je surveille : c'est plus fort que moi.

HONORÉ. — Monsieur a bien raison. Nous autres, nous avons besoin du client comme le client a besoin de nous. Il n'y a que comme ça, en côtoyant de l'œil le travail, que le client peut se rendre compte : il assiste à la coupe, il la voit venir. De ce moment-ci, tenez, eh bien, c'est malheureux, on ne peut rien faire de propre.

RAOUL. — Pourquoi ça?

HONORÉ. — Rapport à Panama. Dès que le client est dans nos mains, il faut qu'il dévore le journal : alors il bouge et nous le ratons. Oui, du grand au petit, voyez-vous, tous ces scandales-là font bien du tort. Violette ou muguet bois?

RAOUL. — Violette. Vous me passerez aussi sur la figure... c'est agréable.

HONORÉ. — N'y a rien qui réveille le cerveau comme ça ! Pour les gens qui pensent, qui ont une idée fixe, un peu de violette au visage, du coup les voilà ranimés ; plus les mêmes ! Monsieur devrait en prendre un flacon pour chez lui?

RAOUL. — Je ne dis pas non.

HONORÉ. — Monsieur ne devrait pas tarder. La violette de la maison est très courue. Justement, il nous en reste encore de la bien belle. Combien monsieur veut-il que je lui en fasse envoyer de bouteilles?

RAOUL. — Deux.

HONORÉ. — De la clarifiée?

RAOUL. — Bien entendu. Est-ce que vous avez toujours de ce petit *bouquet des Alpes* que vous m'avez donné le mois dernier?

HONORÉ. — Toujours. Deux flacons aussi?

RAOUL. — Oui. J'en ai été ravi.

HONORÉ. — J'avais prévenu monsieur qu'on lui en ferait des compliments. C'est très recherché, le bouquet, parce que c'est modeste; c'est un parfum qui n'a pas d'odeur. Là, voilà un côté qui va être bientôt fini.

RAOUL. — En avez-vous encore pour longtemps?

HONORÉ. — Une bonne demi-heure.

RAOUL. — C'est long.

HONORÉ. — On voit bien que ça n'est pas monsieur qui tient les ciseaux. Pour réussir, il faut le temps. Paris ne s'est pas fait en un jour.

RAOUL. — Soit, mais dépêchez-vous.

HONORÉ. — Monsieur préfère-t-il que je le saccage?

RAOUL. — Non.

HONORÉ. — En ce cas, que monsieur soit patient, qu'il fasse un petit somme... On dort.

RAOUL. — Je n'ai pas sommeil.

HONORÉ. — Que monsieur ferme les yeux, ça viendra tout doucement, sans qu'il s'en aperçoive.

RAOUL. — Je ne peux pas, vous me parlez.

HONORÉ. — Monsieur n'a qu'à me dire que je l'ennuie, je me tairai.

RAOUL. — Non, vous pouvez causer, ça m'est égal; je ne vous écoute pas.

HONORÉ. — Monsieur a peut-être tort. Pour être un perruquier, on n'est pas le dernier venu. Car, enfin, monsieur, une supposition qu'en 93, au moment où la noblesse...

RAOUL. — Mais ne parlez donc pas

tant; ça vous occupe, vous pensez à ce que vous dites, et vous n'êtes plus à ma tête.

HONORÉ. — Demande pardon, monsieur, demande bien pardon; je peux très bien mener les deux choses de front.

RAOUL. — Est-ce qu'ils ne sont pas un peu courts sur les côtés?

HONORÉ. — Non, monsieur. Ils sont comme ils doivent. Attendez que tout soit terminé. Alors, seulement, vous ferez la critique.

RAOUL. — Et puis, il sera trop tard. J'aurai une sale pomme, et il faudra que je sorte avec.

HONORÉ. — Monsieur sera très bien, aussi bien qu'il peut être. Tenez, regardez dans la glace, toute cette partie-là... déjà, comme ça se fond, comme les tournants sont beaux... Et le devant! C'est pas pour dire, mais ce qu'elle s'annonce, ma coupe, ce qu'elle promet!...

RAOUL. — Eh bien! moi, je ne suis pas si tranquille que vous, et j'ai hâte d'être arrivé. Pressez-vous un peu, allons; vous êtes là, vous bavez cinq minutes sur chaque cheveu, vous fignolez... ça dure quatre ans avec vous, une taille. C'est embêtant, vous savez?

HONORÉ. — Oui! Et vous croyez que ça m'influence? Ah! bien, je serais joli si je vous écoutais, et si je vous expédiais au trot comme vous le voulez. Qu'est-ce qui arriverait? Je vais vous le dire. C'est que ce soir, demain, au bal, à l'Opéra, chez ces dames, dès que vous retireriez votre chapeau, les gens, à part, dans les coins, diraient entre eux:

« — Ah çà! qui que c'est, diable! qui peut bien couper les cheveux à monsieur des Petits-Champs? »

Alors, une chose, que dans l'assistance quelqu'un d'informé se leverait pour répondre :

» — C'est Honoré. Honoré de chez Dubois.

» — Comment ! c'est Honoré, qu'on dirait en se tordant. Ah ! ben ! vrai ! Ah ! ben, non, mais là, vrai !

» Et c'est moi pour le coup, qui serais risible. Je veux pas de ça. »

RAOUL. — Arrêtez. Arrêtez.

HONORÉ. — Je vous ai fait mal?

RAOUL. — Non. J'ai une crampe.

HONORÉ. — Où ça?

RAOUL. — A la jambe, parbleu. C'est pas dans l'œil.

HONORÉ. — Mauvais, ça. Moi ça me prend des fois quand je taille du gros cheveu, du cheveu dur qui ébrèche le ciseau. Eh bien, souffrez un petit peu, en attendant que ça se passe.

A ce moment, un nouveau client s'approche, un grand jeune homme pâle, mince, d'aspect grave et nul, et qui ne doit pas rire souvent.

RAOUL, *qui l'aperçoit.* — Tiens, Dorloton? Bonjour.

DORLOTON. — ...jour. (*Il le voit tendre la jambe en faisant des efforts.*) Quoi t'as?

HONORÉ. — Une crampe. Bonjour, monsieur Dorloton.

DORLOTON. — ...jour. (*A Honoré.*) Longtemps?

HONORÉ. — Une petite demi-heure.

DORLOTON, *à Honoré, en montrant Raoul.* — Quoi vous lui faites donc? L'empaillez?

HONORÉ. — Nous avons encore une friction, et le fer. Tout bonnement.

RAOUL, *à Dorloton.* — Laisse Honoré me finir à son aise, hein? et ne viens pas nous troubler.

HONORÉ. — Ce ne sera pas long. Asseyez-vous.

RAOUL. — Assois-toi.

DORLOTON. — Puisqu'il faut. (*Il s'assoit. A Raoul, dont il remarque la tête.*) Comment... quoi ? tu modifies ta gueule?

RAOUL. — Oui, je n'étais pas fou des cheveux plats, et ça m'a pris de les avoir tout droits, comme toi.

HONORÉ, *souriant à Dorloton.* — C'est vrai, c'est aussi la coiffure de monsieur.

DORLOTON. — Jusqu'à présent. Mais à partir d'aujourd'hui, plus. Ah non !

RAOUL. — Tu veux changer aussi?

DORLOTON. — Un peu ! Oh ! ne fais pas la bête. C'est assommant. Dès que j'adopte une coupe, tu me la chipes.

RAOUL. — Tu es épatant, la Bressant est à tout le monde.

DORLOTON. — Pas entre amis. Tu sais d'ailleurs ce que je t'ai dit vingt fois : « Je ne veux pas avoir la même coupe que toi, ou alors nous ne sortirons pas ensemble. » En janvier, j'avais les cheveux plats, raie sur le côté droit ; j'étais très bien, très tranquille : aussitôt, tu me prends cette coiffure-là ; en février, j'ai reporté ma raie à gauche, toi aussi ; alors je me suis résigné à une Bressant. Je croyais que tu allais me fiche la paix ; pas du tout, tu te fais encore arranger comme moi ! Pourquoi? je te le demande. Pourquoi ne gardes-tu pas les cheveux plats? Je te les avais abandonnés, ils étaient à toi.

RAOUL. — C'est ignoble. Ça me changeait. Ça me donnait l'air d'un crétin.

DORLOTON. — Laisse donc. On te reconnaissait tout de même. C'est ignoble, parce que tu ne sais pas les porter : eh bien, moi je les reprends, là ! Quand ça ne serait que pour l'embêter. (*A Honoré.*) Honoré, dès que vous aurez frisé cet animal-là (*montrant sa tête*) vous me démolirez toute ma Bressant.

HONORÉ. — Vraiment? Monsieur, vous voulez...

DORLOTON. — Et vous me coifferez plat, tout plat, avec la raie à droite. (*Se reprenant.*) Non, pas à droite, il l'a eue.

HONORÉ. — A gauche alors?

RAOUL, *qui ricane.* — Je l'ai eue aussi. Faut pourtant la mettre quelque part?

DORLOTON. — Toi, tu vas recevoir une gifle. (*A Honoré.*) Par derrière, la raie, Honoré, par derrière.

RAOUL. — Tu seras gentil !

DORLOTON. — Autant que toi, et sans douleur. N'est-ce pas que ça me va très bien, Honoré, les cheveux plats?

HONORÉ. — Oui. Le travail est difficile, mais quand on peut l'obtenir bien plat, bien lisse, c'est une coiffure très jolie, très tendre à l'œil. Monsieur a la figure extrêmement étroite...

DORLOTON. — Pas tant que ça !

HONORÉ. — Si, et presque pas de joues...

DORLOTON. — Moi?

RAOUL. — Puisqu'il le le dit, c'est que ça est !

HONORÉ. — Aussi j'ai toujours pensé que cette coupe-là était son affaire.

DORLOTON, *à Raoul.* — Et toi, écoute bien. C'est la dernière fois que je m'astreins à me chambarder la tête pour ton bon plaisir. Si tu as jamais le malheur de lâcher ta Bressant et de marcher de nouveau sur mes brisées, aussi vrai que tu me vois en chair et en os...

RAOUL. — Surtout en os.

DORLOTON. — Et toi en chair, je te lâche, je ne te salue plus.

RAOUL. — Voilà les amis.

DORLOTON. — Suffit. (*A Honoré et à Raoul.*) A présent, développez-vous dans les grands prix, mes chers enfants, parce que j'ai beau ne pas être Louis XIV, je trouve que je commence à attendre !

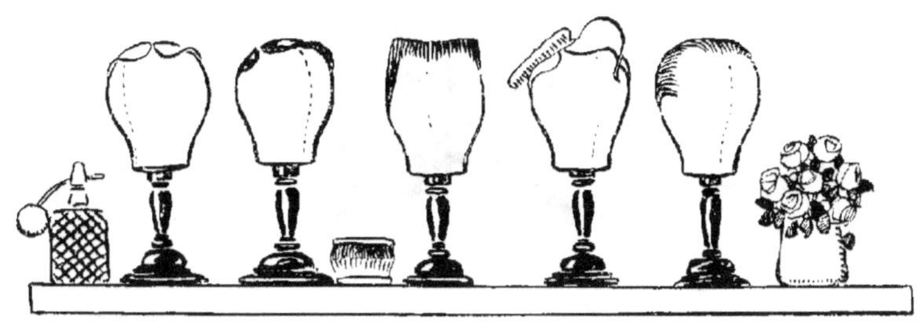

LES PIEDS

LE BARON DE JARGEAU, 29 ans.
PAOLO DI SERPANTARA, « professeur pour les pieds », 55 ans, une rosette multicolore.
PIERRE, domestique du baron.

Chez le baron, le matin. Il est en train de tourner et de virer dans son cabinet de toilette, en chemise de soie et caleçon, les pieds nus dans des babouches de l'Inde, quand Pierre annonce : « Monsieur Serpantara. »

LE BARON. — Qu'il entre, et laissez-nous. (*Serpantara entre, très grand, très maigre, avec une tête de Don Quichotte mélancolique.*) Bonjour, monsieur le professeur.

LE PROFESSEUR. — Toutes grâces, monsieur. Vous m'avez écrit, j'accours. Qu'y a-t-il?

LE BARON, *s'asseyant.* — Je ne suis pas content de mes pieds.

LE PROFESSEUR. — A quel propos?

LE BARON. — De toutes les façons.

LE PROFESSEUR. — Soumettez-nous-les. (*D'un coup sec, le baron fait sauter ses babouches et allonge les jambes, tenant ses deux pieds nus, réunis l'un près de l'autre.*)

LE PROFESSEUR, *après s'être agenouillé, les écarte doucement, les examine tout en les palpant et les caressant, puis il se redresse.* — Je vous écoute.

LE BARON.   Vous les avez bien regardés?

LE PROFESSEUR.   Oui. Et puis je les connais à fond, je les sais par cœur. Un rapide coup d'œil me suffit chaque fois. Dites ce que vous leur reprochez.

LE BARON.   Ils enlaidissent, ils ont une tendance à devenir communs.

LE PROFESSEUR.   Je ne trouve pas.

LE BARON.   Permettez. Jusqu'à présent, j'ai toujours eu des pieds ravissants. Je le dis, parce que c'est la vérité et que, d'ailleurs, je n'y ai aucun mérite. Ça s'est trouvé comme ça. Il y a cinq ans, à l'occasion d'une petite ampoule, quand j'ai commencé à mettre mes pieds entre vos mains, vous vous rappelez, en les voyant pour la première fois, ce que vous vous êtes écrié?

LE PROFESSEUR.   « On dirait les pieds d'Achille ! »

LE BARON.   *Podas ocus...*, comme nous récitions au collège. Et dire qu'il y a des gens qui veulent supprimer le latin ! Vous en étiez bleu, et, pendant une heure, vous n'avez pas tari d'éloges sur leur compte.

LE PROFESSEUR.   Eh bien, il ne me paraît pas que, depuis, ils aient perdu?

LE BARON   Vraiment ! Je me demande ce qu'il vous faut.

LE PROFESSEUR.   Monsieur le baron, je parle selon ma conscience. Je ne leur trouve rien de changé.

LE BARON.   Rien?

LE PROFESSEUR.   Rien. Toujours même grâce et solidité, même élégance dans la physionomie.

LE BARON, *nerveux.*   Assez, tenez... je me mettrais en colère, et ça leur ferait venir le sang. C'est tout à fait inutile. Parlons d'autre chose.

LE PROFESSEUR.   Comme vous voudrez, je n'insiste pas. Mais, pour n'y plus revenir, j'affirme à monsieur qu'il se trompe et que, tel j'ai quitté la semaine dernière le pied de monsieur, tel je le retrouve aujourd'hui. Rien n'a bougé. Mais, monsieur, j'en connais des masses de personnes, moi, qui paieraient et bien cher, pour avoir les pareils. Et vous vous plaignez ! Oh !

LE BARON.   Ne me faites pas dire plus qu'il n'y en a. Je sais bien, parbleu, qu'ils ne sont pas déformés et qu'il ne leur faut pas de bottine orthopédique ! Mais ils ont baissé, ils ne sont plus ce qu'ils étaient en quatre-vingt-neuf. L'année suivante, après l'Exposition qui les avait forcément un peu surmenés, eh bien, l'année suivante, en quatre-vingt-dix, c'était pourtant toujours les mêmes, ils avaient conservé leur aigrette, leur bouquet. A partir de quatre-vingt-onze, ils ont oscillé. Au printemps suivant, ils commençaient à fiche le camp, et depuis ils engraissent, ils s'empâtent, ils vont très vite, je ne les tiens plus. S'ils continuent de ce train-là, avant deux ans ils seront nettoyés, ça sera des turpitudes quelconques, des pieds de frotteur... Eh bien, je n'envisage pas cette perspective-là le sourire aux lèvres, vous devez le comprendre? Et c'est pour ça, mon cher monsieur Paolo, que je vous ai prié de venir afin d'en causer, de chercher ensemble, et puis d'aviser. N'essayez donc pas de me contredire par politesse, et voyez plutôt avec moi ce qu'on pourrait faire pour les repêcher, s'il en est encore temps.

LE PROFESSEUR.   Puisque vous y tenez absolument, oui, là, je reconnais qu'en effet il y a une faiblesse.

LE BARON. — Enfin !

LE PROFESSEUR. — J'ai dit : une faiblesse. Et très légère. Rien de plus.

LE BARON. — A quoi l'attribuez-vous?

LE BARON. — Oh ! ça, jamais ! Je ne sais pas ce que c'est que d'avoir un cor.

LE PROFESSEUR. — Une simple ques-

LE PROFESSEUR. — C'est à vous que je le demanderai. Pour moi, je ne vois pas de cause apparente. Ils sont tous les deux en parfait état, le sang y circule avec joie. L'orteil est normal. Pas le plus petit bobo, ni la moindre misère.

tion, tout à fait entre nous? Ces temps derniers...

LE BARON. — Achevez.

LE PROFESSEUR. — Pas d'excès?

LE BARON. — Malheureusement non. Les excès, voilà encore une chose qui, depuis l'Exposition, est devenue, pour moi, de plus en plus rare.

LE PROFESSEUR.   Tant mieux.

LE BARON.   Est-ce que ça aurait une influence?

LE PROFESSEUR.   Énorme. Le pied est d'une susceptibilité toute féminine, un peu ombrageuse : il sent très vivement. L'abus des plaisirs le trouble et l'épuise. Il est, en un mot, comme les athlètes, monsieur le baron : pour rester beau, fort et nerveux, il faut qu'il soit chaste.

LE BARON.   Mais mon pied est toujours chaste, monsieur Paolo, quoi qu'il arrive.

LE PROFESSEUR, *avec un sourire discret.*   Monsieur le baron me comprend bien. En attendant, puisque ce n'est pas de ce côté qu'il faut jeter la sonde, je ne vois plus qu'une cause morale... N'auriez-vous pas eu récemment des ennuis ?...

LE BARON.   Pas le moindre.

LE PROFESSEUR.   Peine de cœur?

LE BARON.   Comme les cors. Je ne sais pas ce que c'est.

LE PROFESSEUR.   Alors, je ne comprends plus. Voyons, voyons. (*Il s'agenouille de nouveau, prend les pieds dans ses paumes, l'un après l'autre et ensemble et les cajole avec amour et respect, comme s'il maniait une vieille reliure ou un biscuit de Sèvres.*) Oui, il est certain qu'ils subissent une crise. Ils sont affectés, monsieur le baron, il faut en prendre votre parti. Vous avez aujourd'hui des pieds...

LE BARON.   Abîmés, détruits, je me tue à vous le dire.

LE PROFESSEUR.   Non pas. Mais plus vieux que vous, des pieds qui vous

devancent de sept ou huit ans. Je vois ça à un tas de petits signes... Là, ces sillons. Oh ! n'y a pas que le front qui ait des rides, allez !

LE BARON.   Aussi, comment voulez-vous ! avec l'idiote existence que nous leur faisons mener ! le stupide usage de la chaussure en permanence. A la longue, le fourreau use la lame.

LE PROFESSEUR.   Bien vrai.

LE BARON.   Le pied a aussi besoin de respirer, que diable ! Il étouffe dans la bottine. Il demande : « De l'air ! de l'air ! comme Gœthe.

LE PROFESSEUR.   Je croyais que c'était de la lumière.

LE BARON.   Peut-être bien. On devrait l'avoir nu, au grand air, le laisser se développer à sa guise et suivre sa pente naturelle. Sans compter que c'est très joli, les pieds, très joli, beaucoup plus que les mains, auxquelles on finit par donner, tout de même, trop d'importance. Moi, qui est-ce qui a commencé ma réputation, d'abord parmi mes amis et ensuite dans le monde? C'est que je suis le premier qui ait osé montrer ses pieds.

LE PROFESSEUR.   Beau mérite, quand ils sont comme les vôtres !

LE BARON.   J'ai tout de même été courageux. Chez moi, dans l'intimité, chaque fois que je l'ai pu, je les ai imposés, tantôt nature, en peau, tantôt avec la sandale. Vous vous rappelez le bruit que ça a fait? Dame, quoi? Une femme qui a de belles épaules les étale bien. Soyons logiques.

LE PROFESSEUR.   Il ne faut pas non plus vous dissimuler que vos pieds vous ont fait beaucoup d'ennemis.

LE BARON.   Je le sais. Des ennemis et des jaloux. D'abord, il y a les trois quarts des gens à qui j'ai paru ridicule, ceux qui n'ont pas le sentiment du pied, qui n'y comprennent rien. Pour eux, c'est un morceau du corps humain, comme la fesse ou le menton. Crétins !

LE PROFESSEUR. — Mais, à ce propos, justement, monsieur le baron, vous ne croiriez pas une chose ; j'ai connu des personnes tellement absentes de tout ça qui nous intéresse, que je leur demandais à brûle-pourpoint : « Combien avez-vous de doigts de pied ? » eh bien, monsieur, elles ne pouvaient pas le dire.

LE BARON. — Ça ne me surprend pas.

LE PROFESSEUR. — Ou alors, si elles me le disaient, ça n'était pas franc. Elles ne savaient pas au juste, elles n'étaient pas sûres si c'était quatre ou cinq. Est-ce pas triste ?

LE BARON. — C'est à tuer.

LE PROFESSEUR. — Moi, au contraire, le pied, j'en ai toujours été frénétique. Je suis Italien. je tiens peut-être ça de mon pays qui a la forme d'une botte. Que sait-on ? C'est une chose qui m'est si familière, si naturelle, que j'y songe tout le temps, partout. Ainsi, vous n'allez probablement pas me trouver très sérieux, mais dès que je suis dans un lieu public, un endroit où il y a de l'affluence, ou dans une voiture, un omnibus… malgré moi, ma tête pense : « Dire qu'il y a dans cette voiture, dans cet omnibus, cent vingt doigts de pieds !… C'est effrayant ! » Quand on médite là-dessus, on croirait que ça représente un monde fou !… Pas du tout, ça ne fait jamais que douze personnes. Est-ce curieux ?

LE BARON. — Oui, il y a comme ça un tas de phénomènes… C'est égal, je suis bien embêté.

LE PROFESSEUR. — Vous avez tort, monsieur le baron. Avec un régime, d'ici trois mois, votre plante peut très bien reprendre.

LE BARON. — Je suis embêté pour les femmes. Je peux bien vous avouer ça ; mes pieds m'en ont fait avoir des quantités. On savait, n'est-ce pas ? qu'ils étaient très beaux : ça se disait. Alors les curiosités étaient éveillées, et il y en avait beaucoup qui m'invitaient chez elles, avec l'arrière-pensée de les voir, de s'assurer par elles-mêmes. J'y allais, on me priait de les montrer… j'obéissais, et dame, alors, neuf fois sur dix…

LE PROFESSEUR. — Parfaitement.

LE BARON. — Parce que, vous comprenez ? même si c'est pour le bon motif, une fois qu'on est déchaussé chez une femme…, qui peut dire où on s'arrêtera ?

LE PROFESSEUR. — On ne s'arrête pas, monsieur le baron. L'affaire est lancée. On va toujours.

LE BARON. — Aussi, à présent, j'ai bien peur qu'ils soient passés, les jours de fête… On ne me les rendra plus, les honneurs, mon pauvre Paolo…

LE PROFESSEUR. — Quels honneurs, monsieur ?

LE BARON. — Les honneurs du pied.

LE PROFESSEUR. — Charmant ! Que si, monsieur le baron, que si ! Seulement, il faut que monsieur soit raisonnable, et qu'il y mette un peu du sien. Là, que monsieur le baron s'habille et qu'il vienne tantôt me voir, à mon cabinet. Nous causerons à fond ; nous essaierons un peu d'électricité. Quelquefois… le fluide…

LE BARON. — Vous ne craignez pas que ça les énerve?

LE PROFESSEUR. — Je ne sais pas. Nous verrons. Et puis surtout vous allez être content — je ferai —, parce que c'est vous ! — je ferai ce que vous m'avez demandé tant de fois depuis deux ans... à propos de votre destinée.

LE BARON. — Vous lirez dans mes pieds?

LE PROFESSEUR. — Je vous le promets.

LE BARON. — Ah ! par exemple, je vous remercie ! Voilà un temps infini que je rêvais de me faire tirer les pieds ! Vous pouvez y compter, à trois heures ils seront chez vous.

LA DOUCHE

RAOUL DES PETITS-CHAMPS, le bon petit gros, 25 ans.
BONIFACE.   LE DOCTEUR.

A l'établissement hydrothérapique du docteur Hermann. Six heures du soir, en avril.

DES PETITS-CHAMPS, *qui arpente le passage bordé à droite et à gauche par les cabines.* — Boniface !... Niface !

BONIFACE, *répondant du fond d'une cabine.* — Voilà.

DES PETITS-CHAMPS, *toujours très haut.* — C'est moi, monsieur des Petits-Champs.

BONIFACE, *ayant fini de masser son client, et apparaissant tout en nage.* — Une seconde. Il y a six personnes avant vous.

DES PETITS-CHAMPS. — Sacristi ! Je peux tout de même commencer à me mettre à l'aise?

BONIFACE. — Tout doucement.

Sur le seuil de sa cabine, dont il laisse exprès la porte grande ouverte, des Petits-Champs, sans avoir l'air d'y prendre garde, retire ses vêtements avec une ostentation nonchalante. Chapeau et pardessus d'abord, puis la jaquette. Un petit temps en manches de chemise, le gilet déboutonné, la cravate détruite et pendante sur le plastron, tandis qu'il sifflote une valse. On entend, à travers les cloisons en planches, les claques rythmées des masseurs, et, plus lointaine, venant de la salle d'armes, la voix du prévôt qui dit : « A ma pression..... menacez. » Après le gilet, des Petits-Champs se montre, fait quelques pas ; il ne serait pas fâché qu'on remarquât ses bretelles, qui sont bleu de ciel et très larges, comme le grand-cordon de Charles III. Ensuite, il renonce à son pantalon, quitte ses bottines, ses chaussettes, sort de sa chemise, et s'assoit, uniquement vêtu de son caleçon et de son gilet de dessous, en jersey tabac. Cela fait, il attend, en se détachant des bras les petits poils qu'il juge à propos. Et le temps passe. Par instants, il lève la tête et crie dans le vide :

« Ah ça ! Boniface ! Fichez de moi ! » (*Et comme personne ne répond, il soupire.*)

BONIFACE, *apparaissant enfin avec un peignoir et une serviette.* — Quand monsieur voudra ?

DES PETITS-CHAMPS. — Ça n'est pas dommage. Ah ! il ne faut pas avoir un train à prendre, avec vous !

BONIFACE. — Monsieur vit de ses rentes, il a bien le temps.

DES PETITS-CHAMPS. — Vous croyez ça ?

BONIFACE. — Et puis j'étais avec monseigneur.

DES PETITS-CHAMPS. — Qui ça, monseigneur ?

BONIFACE. — Le prince d'Etna, le prince royal...

DES PETITS-CHAMPS. — L'héritier du trône de Sicile ?

BONIFACE. — Il prend des bains de siège.

DES PETITS-CHAMPS. — Pauvre bougre ! Qu'est-ce qu'il a ?

BONIFACE. — Il a du mal. Allons, venez, c'est notre tour.

Des Petits-Champs a retiré son caleçon et son gilet. Boniface lui jette le peignoir chaud sur les épaules, et ils sortent tous deux. Arrivés à l'entrée de la salle des douches, Boniface cogne à la porte, derrière laquelle une dame, qu'on est en train de passer au jet, pousse des cris perçants. Puis le docteur tire la bobinette, la porte s'ouvre, et tandis que Boniface annonce :

« Monsieur des Petits-Champs »,

ce dernier s'avance, en se rentrant le ventre

tant qu'il peut, pour être plus à son avantage. Et voici la rapide et brève conversation, dans le vacarme de l'eau.

DES PETITS-CHAMPS. — Bonjour, mon petit docteur.

LE DOCTEUR. — Bonjour. (*Il essaye son jet par terre.*)

DES PETITS-CHAMPS, *seulement éclaboussé.* — Oh ! pas bouillant, le thé. (*Il reçoit le jet, chaud d'abord.*) Non. Si. Ah ! c'est excellent. Ça va. (*Il tourne sur lui-même, de façon à se présenter au docteur sous toutes ses faces.*) Eh bien !... oh ! que c'est bon !... Quoi de nouveau, docteur ?

LE DOCTEUR. — Rien.

DES PETITS-CHAMPS. — Douleurs, moi.

LE DOCTEUR. — Ah !

DES PETITS-CHAMPS. — Rhumatisme.

LE DOCTEUR. — Où ça ?

DES PETITS-CHAMPS. — Mon genou gauche... Printemps... La nature.

LE DOCTEUR. — Attendez. (*Il tourne un de ses nombreux robinets, et envoie le jet froid.*)

DES PETITS-CHAMPS. — Bigre !... Ma... Mazette... Nom d'un bleu !

LE DOCTEUR. — Hein ! ça réveille ?

DES PETITS-CHAMPS. — Oui... oui... Mais... j'aime mieux l'autre... le chaud. (*Le jet cesse.*) ...dieu, docteur, Brrrou.

LE DOCTEUR. — Bonsoir. (*Des Petits-Champs, enveloppé de son peignoir, tout en se donnant des airs essoufflés et intéressants, regagne avec bruit sa cabine, proclamant : C'est insensé, aujourd'hui, ce qu'elle était dure ! Une fois là, debout et appuyé à la tablette de marbre, il se caresse la poitrine, en se contemplant dans la glace, tandis que le garçon le frotte et le claque.*)

BONIFACE, *familier.* — Ça n'est pas

pour en faire un reproche à monsieur, mais monsieur a des mamelles qu'il y a bien du sexe enchanteur qui n'en a pas autant.

DES PETITS-CHAMPS. — Ah çà ! vous êtes fou !

DES PETITS-CHAMPS. — Boniface, j'aime pas ces blagues-là sur le corps. Sur tout ce qui a rapport à la grosseur, à la chose d'obésité enfin, vous entendez? je déteste les plaisanteries.

— BIGRE !... MA... MAZETTE... NOM D'UN BLEU !

BONIFACE. — Non, monsieur.

DES PETITS-CHAMPS. — J'ai la poitrine bombée... forts poumons... cage thoracique... Mais des mamelles, moi? J'en ai pas pour un sou.

BONIFACE. — Pour cinq francs.

BONIFACE. — Je ne voulais pas fâcher, monsieur. Mais monsieur sait bien qu'il est gros et qu'il a du ventre? Monsieur a trop d'esprit pour...

DES PETITS-CHAMPS. — Je n'ai pas de ventre...

BONIFACE. — Monsieur ne va pas me contredire pour son ventre comme pour ses seins?

DES PETITS-CHAMPS. — Je n'ai pas de ventre. J'en aurais, que je serais le premier à en convenir. Mais ce que j'ai ne s'appelle pas du ventre.

BONIFACE. — Entre nous, ici, à l'établissement, nous appelons ça l'œuf de Pâques.

DES PETITS-CHAMPS. — Je vous défend d'employer ce terme.

BONIFACE. — Pourquoi? Y a pas de honte. Monsieur n'est pas le seul d'ailleurs.

DES PETITS-CHAMPS. — Les autres, ça m'est égal.

BONIFACE. — Je pourrais vous citer des tas de gens... Monseigneur, tenez, il a l'œuf. Quand il est sur le siège, ça crève les yeux. Oh! il a l'œuf!

DES PETITS-CHAMPS. — Eh bien, qu'il ponde! Mais moi, c'est tout différent, je suis très bien fait.

BONIFACE. — N'en parlons plus, monsieur. Levez les bras. (*Il lui frotte le torse avec une serviette.*)

DES PETITS-CHAMPS, *qui y revient.* Ça vous étonne?

BONIFACE. — Quoi, monsieur?

DES PETITS-CHAMPS. — Ce que je viens de vous dire, à la minute, que j'étais très bien fait?

BONIFACE. — Non, monsieur. Ça ne m'étonne pas.

DES PETITS-CHAMPS. — A la bonne heure. Je croyais.

BONIFACE. — Rien ne m'étonne, monsieur. Rien. J'en ai trop vu.

DES PETITS-CHAMPS. — Et savez-vous en quoi je suis bien fait?

BONIFACE. — J'étais en train de me le demander.

DES PETITS-CHAMPS. — C'est que je suis pro-por-tion-né!

BONIFACE. — Ah! Voilà!

DES PETITS-CHAMPS. — Est-ce que vous ne trouvez pas?...

BONIFACE. — Je veux bien.

DES PETITS-CHAMPS. — Vous répondez « je veux bien », comme pour me faire plaisir. Si vous ne trouvez pas, dites-le.

BONIFACE. — Oui. Et puis après, monsieur m'empoignerait.

DES PETITS-CHAMPS. — Pas le moins du monde. Je penserais tout bonnement que vous ne connaissez rien à la beauté des formes.

BONIFACE. — Eh bien alors, monsieur, mettons que je n'y connais rien. (*Pris d'un accès de franchise brutale.*) Oh! oh! mais c'est-il drôle ça tout de même, un homme comme monsieur, qu'a de la naissance, et riche, et des belles relations, tout enfin, et qu'a pas le courage de se voir sous son vilain jour? Non, ça fait de la peine, vraiment! Vous êtes gros... eh bien, quoi, après? faut bien qu'il y en ait, puisqu'il y a des maigres... Ayez donc au moins la rage de votre opinion, et puis dites : « Oui, là, je suis gros, très gros... »

DES PETITS-CHAMPS. — Jamais!

BONIFACE. — ... « S'il y en a qui ne sont pas contents, qu'ils se fassent maigrir! » Et puis, au fond, qu'est-ce que ça vous fait?

DES PETITS-CHAMPS. — Je ne suis pas gros.

BONIFACE. — Ça vous empêche-t-il d'être heureux?

DES PETITS-CHAMPS. — Je ne suis pas gros.

BONIFACE. — Vous aurez bien tout

de même toutes les femmes que vous voudrez. D'abord, il y en a qui aiment ça...

DES PETITS-CHAMPS. — Je ne suis pas gros. Je suis fort, je suis trapu, râblé...

BONIFACE. — Mais enfin, saperlotte, c'est agaçant. Mesurez-vous.

DES PETITS-CHAMPS. — Ça ne prouve rien.

BONIFACE. — Vous êtes-vous pesé?

DES PETITS-CHAMPS. — Je suis entre les deux. Tout ce qu'on peut dire, si on tient absolument à mettre les choses au pire, c'est que, au point de vue de la grosseur, j'ai des tendances. Rien de plus. Des tendances.

BONIFACE. — Tenez, je ne dirai plus rien à monsieur. Après tout, monsieur a toujours été très gentil pour moi, je n'ai pas d'intérêt à me mettre mal avec monsieur.

MONSIEUR EST GUÊPÉ.

DES PETITS-CHAMPS. — Prouve rien non plus. Il y a les vêtements, chaussures, tout ça fait du poids.

BONIFACE. — Pesé tout nu?

DES PETITS-CHAMPS. — Inutile. Et puis je peux peser très lourd, et ne pas être gros pour ça. C'est les os, mon ami, que j'ai gros, la charpente... grosse ossature. Comprenez-vous?

BONIFACE. — En somme, qu'est-ce que vous croyez que vous êtes? Voulez-vous qu'on dise que vous êtes mince? Une lame de couteau?

DES PETITS-CHAMPS. — N'exagérons rien. Je ne suis pas mince non plus.

BONIFACE. — Alors quoi?

DES PETITS-CHAMPS. — Si elles sont proportionnées, Boniface, les formes du corps peuvent très bien se développer et s'arrondir... Du moment qu'il y a de la proportion !

BONIFACE, *résigné à tout.* — Sans doute, monsieur, du moment qu'il y a la précaution.

DES PETITS-CHAMPS. — Ainsi, tenez, avant que je ne remette ma chemise... regardez-moi tout ce corps-là, mon corps, ici cette ligne, et puis cette ligne, vous trouvez ça laid?

BONIFACE. — Non, monsieur.

DES PETITS-CHAMPS. — Des bras pareils, hein? Ça ne vous suffit pas !

BONIFACE. — Si, monsieur. Pour ce que j'en fais !

DES PETITS-CHAMPS. — Que voulez-vous ! Ça n'est pas parce que c'est moi, mais je me trouve réussi. On me donnerait les moyens, je ne me referais pas autrement. Bien comme je suis. Et les jambes? C'est du dessin, vous savez, du beau dessin. Comme ça, encore, elles ne disent rien ; mais dans le maillot faut voir la cuisse, le mollet, nos petites rotules... ce que tout ça déferle ! Allez, allez, Boniface, je ne connais pas la plastique de tous les seigneurs qui vous passent par les pinces, mais je vous garantis que vous en pétrissez de plus ratés que moi.

BONIFACE. — Pour ça oui. Mais il n'y a pas de quoi trop vous vanter. Là, monsieur n'a plus besoin de moi. Je m'en vais.

DES PETITS-CHAMPS. — A demain, Boniface. Voilà quarante sous. Et ne dites plus que je suis gros.

BONIFACE, *qui s'en va.* — Je ne le dirai plus. Monsieur est guêpe.

SOINS DE LA PEAU

RAOUL DES PETITS-CHAMPS, 25 ans.   ADRIEN DORLOTON, 21 ans.
PAUL CASINUT, 29 ans.   BARON D'ENTRAIN, 30 ans.

Chez d'Entrain, sept heures du soir. Un merveilleux cabinet de toilette, où il y a tout, mais tout! D'Entrain, en caleçon, le torse nu, s'essuie lentement la poitrine. Les trois amis, en habit et cravate blanche, renversés dans des fauteuils à bascule, assistent à sa toilette. Benjamin, un valet de chambre silencieux, se tient debout au milieu de la pièce.

DES PETITS-CHAMPS *à d'Entrain.* — Quelle peau tu as, mon cher ! Oh ! mais quelle peau !

CASINUT. — Blanche, fine..., du lait qui se tient.

DORLOTON. — C'est à s'arracher les cheveux.

D'ENTRAIN. — Ah ! voilà ! Nous sommes comme ça, nous autres, dans la jeune génération !

DES PETITS-CHAMPS, *à d'Entrain.* — Comment fais-tu?

D'ENTRAIN. — Secret.

DORLOTON. — Dis-nous-le? T'avales quelque chose? Tu prononces des paroles?

D'ENTRAIN. — Non, mon chéri.

CASINUT. — Sois gentil, allons, ne nous fais pas sécher. Moi, je veux arriver sous peu à avoir ta peau. J'ai absolument besoin de ça. Tu entends?

D'ENTRAIN. — Tu n'es pas dégoûté. Si tu crois que ça s'obtient en un jour, tu te mets le cosmétique dans l'œil. Il faut... il faut un tas de systèmes, enfin.

DORLOTON. — Quoi? Vas-y.

D'ENTRAIN. — Eh bien ! si on veut se constituer une belle peau, mais là, ce qui s'appelle une peau, une peau à hauteur, comme celle-là, par exemple (*Il se rapproche*), tenez, regardez-moi ça de près, touchez-y... On ne peut pas dire que ce n'est pas doux ?

CASINUT. — Si, c'est très doux. Mais n'abuse pas de tes avantages, et raconte ta recette.

D'ENTRAIN. — Il n'y a pas de recette. Pour avoir une jolie peau, il faut la soigner, tout bêtement. C'est comme une enfant, la peau : si tu l'abandonnes à elle-même, adieu, tu ne la reverras plus jamais ; tandis que si tu t'occupes d'elle, eh bien, t'en seras récompensé.

DORLOTON. — Mais cependant...

DES PETITS-CHAMPS. — Tu es superbe...

CASINUT. — Ça n'empêche pas que...

D'ENTRAIN. — Pas tous à la fois. Écoutez-moi plutôt. Je vais d'abord vous poser quelques questions bien simples. Des écoliers, ma parole ; vous me faites l'effet d'écoliers.

CASINUT. — Pose.

D'ENTRAIN. — Vous trois là, qui me regardez le torse, en bavant de jalousie, qu'est-ce que vous avez fait jusqu'à ce jour pour votre peau, hé ?

DORLOTON. — Ce que nous avons fait pour elle ?

D'ENTRAIN. — Oui.

DES PETITS-CHAMPS. — Dame ! nous l'avons lavée, nous l'avons...

D'ENTRAIN. — Bien entendu. Mais ça ne compte pas, ça : c'est de la propreté. Ça n'a rien à voir avec les soins, et l'éducation...

CASINUT. — L'éducation de notre peau ? Qu'est-ce que tu veux que nous lui apprenions ? Les quatre règles ?

D'ENTRAIN. — A blanchir, crétin, à s'assouplir, à ne transpirer qu'à bon escient.

CASINUT. — Fichtre ! Tu lui en demandes long !

DES PETITS-CHAMPS. — On peut arriver à tous ces résultats-là ?

D'ENTRAIN. — Parfaitement. Avec du temps, et une volonté soutenue. Et puis les agents.

DORLOTON. — Quels agents ?

D'ENTRAIN. — Les agents, qui sont merveilleux ! — Ah çà ! d'où venez-vous ? — Les parfums, les savons, les pommades, les huiles, les pâtes et les eaux de toilette, les poudres, les sels et les vinaigres. Oh ! mais, voyons, voyons, je vais encore vous interroger une minute, parce que, ce soir, vous m'avez l'air de sortir de la lune. Quand tu fais ta toilette, quelle eau emploies-tu, toi, Casinut ?

CASINUT. — De l'eau ordinaire, tiens, de l'eau tiède.

D'ENTRAIN. — Ne fais pas l'imbécile. De l'eau ordinaire ! Et puis c'est tout ? Une fois que tu t'es versé de l'eau ordinaire, tu fermes les yeux et puis tu ne veux plus rien savoir ? T'as l'esprit tranquille ?

CASINUT. — Non, je mets dedans un peu de lavande.

D'ENTRAIN. — Ridicule ! Et toi, Dorloton ?

DORLOTON. — Moi aussi, de l'eau ordinaire avec quelques gouttes d'un vinaigre de toilette...

D'ENTRAIN. — Quel vinaigre ?

DORLOTON. — Ah ! ma foi, je ne saurais pas te dire.

D'ENTRAIN. — Seigneur !

DORLOTON. — C'est un machin jaune

clair qui sent très bon. Voilà tout ce que j'en sais.

D'ENTRAIN. — Qu'est-ce qu'il sent, ton machin jaune?

DORLOTON. — Je ne me le rappelle pas.

D'ENTRAIN. — Non, ça, c'est trop fort tout de même! Ça dépasse le cap de Bonne-Espérance. Enfin, quand je me fourrerai en colère, ça ne fera pas faire un pas à la question sociale. Par conséquent, calmons-nous. Et toi, des Petits-Champs? Je n'ai pas besoin non plus de ta réponse, je la devine. Toi aussi, tu fais la toilette avec de l'eau ordinaire et des gouttes dedans. Pauvres benêts d'imbéciles que vous êtes! tenez, si vous étiez mes frères, vous me donneriez l'influenza.

DES PETITS-CHAMPS. — Oui. Mais heureusement, nous ne le sommes pas.

D'ENTRAIN. — Ah! là, là! Mais vous n'avez idée de rien. Vous êtes à cinq cents lieues en pleine mer, absolument! Et vous venez me parler de la peau, sans même vous douter... Non, c'est étourdissant.

CASINUT. — Ne te mets pas dans cet état-là. Y a pas de quoi, je t'assure.

DORLOTON. — Nous sommes encore à Paris une demi-douzaine au moins dans le même cas.

DES PETITS-CHAMPS. — Instruis-nous. Dis-nous ce que tu sais... Ça vaudra beaucoup mieux que d'aboyer.

D'ENTRAIN. — Soit. Eh bien, d'abord, pour la toilette, il n'y a pas deux eaux, il n'y en a qu'une : l'eau d'Arquebusade. J'entends pour la toilette en gros, parce qu'au fond, c'est une eau sommaire. Bien des cas où elle ne serait pas suffisante. C'est pour ça que j'emploie l'eau de Fraises pour le torse et la fleur d'Écosse pour les jambes. Je vous recommande la fleur d'Écosse. Exquis. Rien de meilleur.

CASINUT. — Tu en parles comme d'une eau de table !

D'ENTRAIN. — Mon vieux, elle **est** épatante. L'épiderme la boit. Surtout pour la barbe, elle est précieuse. En une seconde elle vous a réparé le travail du rasoir.

DORLOTON. — Moi, je ne me rase pas. C'est encore plus simple.

D'ENTRAIN. — Mais c'est moins propre. Avec ça, justement, que tu as une barbe à gros poils droits, fichée sous le menton comme des clous. Ah ! t'es gentil, va, t'as l'air d'un missionnaire en civil.

DORLOTON. — Ça m'est égal. Et puis, comme tu le dis, j'ai une barbe en fils de fer. T'aurais un yatagan que tu l'ébrécherais dessus, tellement elle est dure. Alors, qu'est-ce que tu veux?

D'ENTRAIN. — Tais-toi, tu parles comme un étourneau. On a pensé à ça, et il y a la crème de Madagascar.

DORLOTON. — J'ignorais.

D'ENTRAIN. — Parbleu, tu ignores tout, vous ignorez tout.

CASINUT. — Qu'est-ce qu'elle fait, ta crème? Elle vous donne des rentes?

D'ENTRAIN. — Mieux que ça. Elle vous donne une peau idéale. C'est une préparation à l'usage des barbes rétives qu'elle pénètre et qu'elle attendrit, grâce à la consistance et à l'opacité de sa mousse.

DORLOTON. — Merci. J'achèterai de la crème. Mais je sens que ça n'y fera rien, et que je sortirai d'être rasé, comme à l'ordinaire, avec des plaques rouges, une carte de géographie sur chaque joue.

DES PETITS-CHAMPS, *à d'Entrain.* — Continue. Dis-nous encore d'autres histoires. Pour faire passer le hâle, quand on revient de la campagne ou de la mer, tu dois avoir un tuyau?

D'ENTRAIN. — C'est élémentaire.

DES PETITS-CHAMPS. — Moi, on m'avait indiqué les blancs d'œufs : « Vous prenez vos œufs, vous les brisez, vous les battez dans un bol... »

D'ENTRAIN. — Mais non. Pour blanchir le teint, et toute la peau, quelle qu'elle soit, il n'y a que trois bonnes choses : le lait de concombres, le sureau, ou la crème froide de limaçons.

DES PETITS-CHAMPS. — Brrr. La crème froide de limaçons... j'aimerais pas beaucoup... Ça me fait un peu peur.

CASINUT. — Qu'est-ce qu'est le meilleur des trois?

D'ENTRAIN. — Les limaçons.

DES PETITS-CHAMPS. — Parbleu ! Du moment qu'il y en a une qu'est plus répugnante, ça devait être celle-là la meilleure. C'est indiqué !

DORLOTON. — Et pour les mains?

D'ENTRAIN. — Même chose. Sureau, concombre, limaçons. C'est la clef de voûte. Ou bien, si tu veux, du blanc de perles chromatisé. En dehors de ça, lave-toi les mains avec le savon au blanc de baleine... Tu le connais?

DORLOTON. — C'est la première fois que je l'entends nommer.

D'ENTRAIN. — Emploie-le. C'est le roi des savons. Tout rond, sans angles, de sorte qu'il ne blesse pas. Ensuite, chaque fois que tu sors, tu prends tes gants et tu y jettes un peu de poudre de maïoc pour les faire glisser. Avec ça, au bout de quelque temps, je ne te dis pas que tu auras mes mains, mais enfin tes pattes seront améliorées.

CASINUT. — Le sureau, le concombre, le limaçon, la baleine... en voilà des saloperies !

D'ENTRAIN. — Mon cher, si on veut avoir la peau propre, il ne faut pas reculer devant ce qui est sale. Et puis, je suis encore bien bon, je me donne un mal de chien à vous dire des choses intéressantes, et voilà le remerciement : vous blaguez.

DES PETITS-CHAMPS. — Pas du tout, on est grave comme le pape. Va toujours, vieux camarade, nous sommes pendus à tes lèvres. Tiens, il y a une chose sur laquelle je voudrais bien avoir ton avis.

D'ENTRAIN. — Vous abusez de moi. Enfin ! De quoi s'agit-il?

DES PETITS-CHAMPS. — Des tannes.

CASINUT. — Ah ! oui, ces petits points noirs qu'on a sur le nez?

DES PETITS-CHAMPS. — C'est ça même. (A d'Entrain.) Tu n'en as jamais. Comment t'y prends-tu?

DORLOTON. — Parbleu ! Il fait la même chose que nous, il se presse sa truffe avec les doigts, et la tanne jaillit comme un serpentin.

D'ENTRAIN. — Triple brute. Mais jamais il ne faut faire ça. Jamais ! Quand tu presses tes tannes, tu irrites les follicules sébacés, et tu entretiens le mal. Non, il faut laver les points noirs avec une solution concentrée de bicarbonate de soude dans de l'eau chaude. Ensuite, tu les badigeonnes avec un parfum composé : Caprice de Deauville ou Bouquet de Blidah. A ton choix.

DORLOTON. — Me voilà renseigné. Je vais m'y mettre.

CASINUT. — Moi aussi. Parce que ces temps derniers, en me visitant dans la glace, je constatais que mon teint d'enfant est très loin.

DES PETITS-CHAMPS. — Oui, nous n'avons plus la fraîcheur du jeune âge.

D'ENTRAIN. — Parlez pour vous seuls. Tant que vous ne suivrez pas mes conseils, il en sera ainsi. Toute chose, ici-bas, demande un effort, allez, et on n'est pas beau sans travail. Je pourrais continuer comme ça jusqu'à demain ; je vous ouvrirais des horizons que vous ne soupçonnez pas, en dehors des soins de la peau, par exemple dans le domaine des

D'ENTRAIN. — Eh bien, vous m'avez, des milliers de fois, fait des compliments de mon regard auquel vous trouviez je ne sais quoi de spécial?

DES PETITS-CHAMPS. — Oui.

D'ENTRAIN. — Et puis de ma mous-

TU FASCINES LA FEMME QUE TU VEUX.

parfums. Mais ça, les parfums, nous en causerons un autre jour ; ça serait trop long. Deux petits riens encore, tenez, que je veux pourtant vous signaler, parce que vous êtes des amis. Vous ne le direz à personne, bigre !

CASINUT. — Pas de danger.

DORLOTON. — Tu nous connais !

tache, qui ne tombe jamais, qui se tient comme de l'acier?

DORLOTON. — En effet.

D'ENTRAIN. — Je veux bien vous débiner le truc. Le coup du regard profond, il s'obtient avec ça. (*Montrant un tout petit flacon.*)

CASINUT. — Qu'est-ce que c'est?

D'ENTRAIN. — Le henné du Sennaar, pour les sourcils et les cils. Avec ça, tu as l'œil de gazelle, tu fascines la femme que tu veux, en plein carême. Elle ne peut pas résister.

DORLOTON. — Et la moustache?

D'ENTRAIN, *lui tendant un pot de faïence couvert d'une grande étiquette.* Lis.

DORLOTON, *lisant.* — « Magyar, Nemieti, Bajuse, Kenogs. »

CASINUT. — Qui signifie?

D'ENTRAIN. — Je ne sais pas. (*A Dorloton.*) Mais il y a du français en dessous.

DORLOTON, *lisant toujours.* — « Véritable pommade hongroise pour les moustaches et les favoris, préparée sur la recette originale, confidentiellement révélée par un haut dignitaire hongrois. »

CASINUT. — Pesth !

DES PETITS-CHAMPS. — C'est le cas de le dire.

DORLOTON. — Eljen ! Eljen !

D'ENTRAIN, *reprenant le flacon avec vivacité.* — Décidément, vous n'êtes pas sérieux. En voilà assez. Je finis de m'habiller.

LA PEUR D'ENLAIDIR

ANDRÉ DES AGUETS, 26 ans, joli homme.   JEANNE, 22 ans, une excellente fille.

Chez Jeanne. Deux heures de l'après-midi. Des Aguets est couché tout seul dans un grand lit Louis XVI, où il y a deux oreillers.

JEANNE, *penchée sur lui.* — Là, vous voilà bordé, monsieur. Êtes-vous bien dans mon dodo?

ANDRÉ, *languissant.* — Pas mal, mon loup. Merci.

JEANNE. — As-tu trop chaud?

ANDRÉ. — Non.

JEANNE. — Pas trop frais?

ANDRÉ. — Non plus.

JEANNE. — Tu as tout ce qu'il te faut?

ANDRÉ. — Oui.

JEANNE. — Eh bien, dors. Je vais prendre un livre et me mettre à côté de toi, dans un fauteuil, sans faire de bruit.

ANDRÉ. — Je n'ai pas sommeil.

JEANNE. — Essaye, ça va venir.

ANDRÉ. — Je suis tourmenté.

JEANNE. — Pour ce petit malaise? Mais ce n'est rien du tout. J'ai eu ça l'autre jour. Tout le monde l'a. C'est un effet de printemps.

ANDRÉ. — Ce n'est pas ce malaise qui m'inquiète. C'est l'autre chose.

JEANNE. — Quoi?

ANDRÉ. — Ce petit bouton qui m'est venu sur le nez.

JEANNE. — Ridicule.

ANDRÉ. — Veux-tu être gentille?

JEANNE. — Oui.

ANDRÉ. — Apporte-moi la petite glace à main.

JEANNE. — Pour regarder ton bouton?

ANDRÉ. — Oui.

JEANNE. — Mais tu ne fais que ça depuis ce matin. Quand tu l'auras regardé une fois de plus, tu seras bien avancé !

ANDRÉ. — Je veux voir s'il fait des progrès, ou bien s'il diminue.

JEANNE. — Laisse-le donc tranquille.

ANDRÉ. — Au fond, c'est ça qui me rend malade ; je sens que je vais être défiguré.

JEANNE. — On ne le voit même pas.

ANDRÉ. — Allons donc !

JEANNE. — Il faut être prévenu. Quand on le sait, en se mettant tout près, on aperçoit un petit point rouge, gros comme une tête d'épingle.

ANDRÉ. — Comme une tête d'épingle à chapeau, oui, comme une noix !

JEANNE. — Je te trouve bête, mon chéri.

ANDRÉ. — C'est peut-être la petite vérole.

JEANNE, *sérieuse, se moquant de lui à froid.* — Je le crois aussi. Je ne te le disais pas. Mais, en moi-même, je pensais : « Mauvais signe, ce bouton. Ça pourrait bien être la petite vérole ! »

ANDRÉ. — Vraiment? Tu crois?

JEANNE. — Mais non, cruche.

ANDRÉ. — Tu m'as effrayé. Il ne faut pas rire avec ça... Les maladies les plus graves, tu sais, ça commence toujours par rien, par une bêtise. Et puis de bêtise en bêtise...

JEANNE. — Mort ! Es-tu assez douillet et peureux, mon pauvre petit ! Mon Dieu Seigneur !

ANDRÉ. — Je ne suis pas peureux. Tu n'y es pas. Ça n'est pas d'être malade ou de claquer qui m'embête. Évidemment, j'aime mieux autre chose, mais enfin, s'il le fallait, je saurais me tenir. Non, ce n'est pas ça qui me donne le trac.

JEANNE. — Qu'est-ce que c'est?

ANDRÉ. — La peur d'enlaidir. J'ai une belle figure, j'entends la garder. Je ne veux pas qu'on y touche. Aussi, ce n'est pas de ma faute, mais chaque fois qu'il me vient dessus un bouton, une rougeur, une petite tache, n'importe quelle ordure, eh bien, je suis fou.

JEANNE. — Tu exagères tout, tu te montes l'imagination.

ANDRÉ. — Pas le moins du monde. Je suis très de sang-froid. Je te déclare que j'aimerais mieux... cherche quelque chose d'affreux, de dégoûtant.

JEANNE. — Je ne sais pas. Tu trouveras ça mieux que moi.

ANDRÉ. — ... Avoir une sale machine interne plutôt que d'être défiguré.

JEANNE. — Un cancer, par exemple?

ANDRÉ. — Parfaitement, un cancer. Suppose que j'aie un joyeux cancer à mon bon petit postérieur, c'est embêtant, mais tant pis, je m'assois dessus. Tandis qu'à la figure... tiens, ça me fait mal rien que d'y penser.

JEANNE. — C'est peut-être un cancer, ce qui te pousse sur le nez?

ANDRÉ. — Je t'en prie, Jeanne, ne plaisante pas sur de pareils sujets. Ce n'est pas drôle et c'est pénible. Sans compter que c'est méchant.

JEANNE. — Eh bien, tu m'ennuies. Laisse-moi lire. Je ne te parle plus.

ANDRÉ. — Veux-tu être gentille?

JEANNE. — Quoi encore?

ANDRÉ. — Va chercher ta glace à main.

JEANNE. — C'est vrai, j'oubliais. Quel crampon tu fais, va !

ANDRÉ. — Et puis, en même temps, regarde donc ton petit manuel de médecine, au mot : bouton. Dans le cabinet de toilette.

JEANNE. — A quoi bon? Tu ne trouveras rien du tout.

lit. — Il doit être sur la petite commode, près de la poudre d'amidon. Apporte-m'en donc aussi, pendant que tu y es, de la poudre d'amidon.

ANDRÉ. — Si. Quelquefois, il peut y avoir une indication précieuse.

JEANNE. — Oui, là, j'y vais. J'y vais. (*Elle passe dans le cabinet de toilette, dont la porte reste ouverte.*)

ANDRÉ, *continuant à lui parler de son*

JEANNE, *revenant.* — Voilà la glace. Voilà l'amidon. Voilà le livre. Est-ce tout ! Es-tu content? Vais-je pouvoir lire?

ANDRÉ. — Oui. Lis-moi donc, tiens, ce qui concerne le mot bouton.

JEANNE.   Oh !

ANDRÉ.   Sois une bonne fille. Allons ! ne fais pas d'histoires !

JEANNE, *feuilletant*. — Empoisonnement... diarrhée... abcès... Non, c'est pas ça.

ANDRÉ.   Abcès. Regarde donc toujours à abcès. Ça pourrait bien être aussi un abcès?

JEANNE, *lisant*.   « Les abcès se divisent en deux catégories : les *abcès chauds* ou *aigus* et les *abcès froids* ou *scrofuleux*. »

ANDRÉ.   Moi, si c'en est un, c'est un chaud. Je sens que ça doit être un chaud.

JEANNE.   — Tiens-tu à ce que je continue?

ANDRÉ.   — Mais oui.

JEANNE.   — Alors, ne m'interromps pas. (*Lisant.*) « On doit employer, dès le début de l'inflammation, une pommade composée d'*onguent napolitain...* »

ANDRÉ.   — En as-tu ici?

JEANNE.   — Ah çà ! tu es fou?

ANDRÉ.   — Fais-en acheter.

JEANNE.   Jamais de la vie. C'est dépenser de l'argent pour le plaisir d'en dépenser. Ça se passera très bien tout seul, ton bouton.

ANDRÉ.   — Tu préfères que je sois repoussant?

JEANNE.   Oui. Et puis, je t'aimerai toujours n'importe comment tu seras. Alors, qu'est-ce que ça te fait?

ANDRÉ.   — Ça me fait du chagrin pour moi-même. Je me fiche un peu que ça te soit égal, à toi. Mais moi, je ne veux pas me dégoûter. Dis-moi ce qu'il y a au mot : bouton.

JEANNE, *feuilletant, puis lisant*. — « Le petit bouton, qui vient déparer la peau, doit être traité par des purgatifs légers et par une pommade à la graisse de porc. »

ANDRÉ.   Il n'y en a pas non plus ici?

JEANNE.   De la graisse de porc? Bien entendu. Je n'en ai pas dans mon armoire à glace.

ANDRÉ.   Fais-en acheter. Il n'y a jamais rien, chez toi !

JEANNE.   Qu'est-ce que tu veux, finalement? L'onguent napolitain ou la graisse de porc? Faudrait te décider.

ANDRÉ.   Les deux.

JEANNE.   Ça ne te fera aucun bien.

ANDRÉ.   Si ça ne fait pas de bien, ça ne peut pas faire de mal.

JEANNE.   C'est ce qui te trompe. Tu vas t'irriter la peau. Mais laisse-le donc en paix, ton malheureux nez. Il guérira bien sans toi. Cette rage de vouloir absolument fourrer quelque chose dessus.

ANDRÉ.   Un peu de poudre d'amidon, du moins?

JEANNE.   Pas davantage.

ANDRÉ.   Écoute, tu es bien curieuse aussi, toi. Tu ne veux pas que je me soigne, tu veux que je laisse le mal se propager ! C'est extraordinaire !

JEANNE.   Si tu n'y touches pas, dans deux jours, il n'y aura plus rien.

ANDRÉ.   Qu'en sais-tu?

JEANNE.   — Et puis, tu deviens agaçant avec ta belle figure et ton éternelle peur d'enlaidir. Après? quand tu aurais un bouton ou une rougeur qui te resteraient? Le beau mal? Ça ne ferait pas une révolution, va.

ANDRÉ.   Je ne veux pas.

JEANNE.   — Avec ça que nous autres, les femmes, ça ne nous arrive pas d'enlaidir. Nous sommes sujettes aussi à toutes ces petites misères-là.

ANDRÉ.   — C'est tout différent.

JEANNE.   — Louise Malivaud, que tu

connais, a eu la petite vérole l'année dernière et pour de bon, la pauvre fille ! Aujourd'hui, elle est toute grêlée ; pourtant, je parie bien qu'elle n'a pas fait autant d'embarras que toi, pour ton seul et unique bouton !

ANDRÉ. — Encore une fois, c'est pas la même chose. Une femme peut se détériorer de la balle, c'est toujours une femme ; il lui reste un tas d'avantages et tous ses autres appas, qu'elle peut sortir et exposer. Elle a ses épaules, ses bras, sa gorge, sa jolie taille ; elle a ses grands cheveux avec lesquels elle peut obtenir aussi des effets ; tandis que nous, l'homme, nous n'avons de visible à l'extérieur que notre visage. S'il est bien, vive l'armée ! s'il est laid, n'y a plus qu'à rester chez soi.

JEANNE. — Même si nous avons la figure abîmée, nous sortons, nous autres. Et ça n'empêche pas les hommes de nous suivre.

ANDRÉ. — Parce que vous avez des voilettes. Mais nous, est-ce que nous l'avons, la voilette?

JEANNE. — C'est dommage ! Ça t'irait vraiment.

ANDRÉ. — D'ailleurs, je ne sais pas pourquoi je discute avec toi ces questions. Tu es une excellente fille, mais très terre à terre. Tandis que moi, je vois tout ça au point de vue élevé. Je pourrais te clouer, si je le voulais ! En somme, pourquoi est-ce que je suis si acharné à ce que mon visage reste propre? t'en doutes-tu? Non, tu ne t'en doutes pas. Eh ! bien, ma chère enfant, c'est que le visage c'est le miroir de l'âme. Comprends-tu un peu ce que ça signifie?

JEANNE. — Dors... dors...

LA CALVITIE

OSCAR D'ASPERGÈS, 28 ans, complètement chauve.
MAXIME CORDOUX, 21 ans, une simple mèche au milieu du crâne.

Chez d'Aspergès, un triste soir d'hiver, après dîner.

D'ASPERGÈS. — Tu es gentil d'être venu tenir compagnie à mon rhume.

CORDOUX. — Est-ce que ça n'est pas tout naturel? Tu en ferais autant pour moi.

D'ASPERGÈS. — Mais toi, ça ne t'arrive jamais d'être enrhumé.

CORDOUX. — Rarement, c'est vrai.

D'ASPERGÈS. — Parce que tu as du cheveu, toi !

CORDOUX. — Parlons-en. Une touffe. Juste assez de quoi faire un pinceau !

D'ASPERGÈS. — C'est énorme un pinceau, sais-tu ! Faut remercier la Provi-

dence... Je voudrais bien être à ta place. Je ne serais pas ridicule.

CORDOUX. — Si, tout autant, peut-être davantage.

D'ASPERGÈS. — Oh ! tu vas trop loin à présent. Mes rhumes continuels, tiens, c'est à cause de ça (*il se touche le crâne*), cette sacrée bobine de malheur. J'ai toujours froid à ma jolie petite tête, alors je passe ma vie à suinter du cerveau C'est très fatigant. J'ai vingt douzaines de mouchoirs. Je ne suis plus un homme, mon pauvre vieux, je suis un coryza qui marche. Mais, pourquoi faut-il que je sois frappé comme ça, moi, d'Aspergès, à vingt-huit ans?

CORDOUX. — Qu'est-ce que ça peut te faire, les causes, du moment que ça y est? Et bien, encore !

D'ASPERGÈS. — J'aimerais les savoir tout de même, les causes. Et j'ai beau chercher, je ne trouve pas.

CORDOUX. — Les travaux de l'esprit? T'as peut-être surmené tes lobes?

D'ASPERGÈS. — Non, c'est pas ça.

CORDOUX. — Les travaux du corps, en ce cas?

D'ASPERGÈS. — Plutôt.

CORDOUX. - Veilles prolongées. Voilà. S'amuser la nuit. Le diable pour rentrer se coucher. Ah ! jeunes gens !

D'ASPERGÈS. — Et puis aussi, les chagrins que tu oublies?

CORDOUX. — T'as eu du chagrin, bien fort, bon ami?

D'ASPERGÈS. — Je te crois que j'en ai eu !

CORDOUX. — Pas beaucoup?

D'ASPERGÈS. — Des bourriches.

CORDOUX. — Pauvre trésor.

D'ASPERGÈS. — Tu comprends que ça fait tomber le cheveu avant l'âge.

CORDOUX. — Dis à ton ami d'enfance quels chagrins tu as eus.

D'ASPERGÈS. — Tu sais bien. Toutes les histoires dans le temps... Et puis, surtout, l'année dernière, Charlotte qui m'a lâché.

CORDOUX. — T'appelles ça un chagrin?

D'ASPERGÈS. — Tout de même. Je l'adorais, cette rosse-là. Quand elle m'a remercié, j'avais encore quelques brindilles sur le couvercle ; en deux mois, tout ça a pris la clé des champs, tellement j'ai eu le cœur gros.

CORDOUX. — Tu nous as même collé une bonne blague. Tu as dit partout que tu avais coupé tes cheveux exprès, en signe de deuil, parce que Charlotte ne

t'aimait plus. Ah! tu nous l'as bien faite, la plaisanterie moyen âge !

D'ASPERGÈS. — J'espérais qu'ils repousseraient.

CORDOUX. — Ils te l'avaient promis? Seulement, voilà, une fois qu'ils t'ont eu quitté, ils n'ont plus éprouvé le besoin de retourner chez toi, pour t'ombrager. Ils t'avaient assez vu.

D'ASPERGÈS. — Oui. Et à vingt-huit ans! C'est le cas de dire que c'est précoce !

CORDOUX. — Je ne voudrais pas te chagriner. Mais une calvitie est toujours précoce, mon garçon. C'est comme les économistes distingués. Un petit jeune homme de soixante-seize ans qui se réveille un beau matin avec une capsule en ivoire, il trouve qu'il a une calvitie précoce. C'est éternel !

D'ASPERGÈS. — Tu plaisantes ! Ça ne te fait donc pas souffrir, toi, de sentir que nous sommes laids et ridicules?

CORDOUX. — Je ne me trouve pas laid.

D'ASPERGÈS. — Oh ! voyons !

CORDOUX. — Tu en convenais toi-même à la minute. Tu me disais : « Je voudrais bien être à ta place. Tu en as un peu, toi, au moins ! »

D'ASPERGÈS. — Un pinceau ! N'y a pas de quoi faire grand'chose !

CORDOUX. — C'est ce qui te trompe. Sais-tu combien j'ai de cheveux?

D'ASPERGÈS. — Je ne sais pas, moi. Onze?

CORDOUX. — Tu fais de l'esprit? Si tu en avais seulement onze, pauvre malheureux, tu pousserais des cris de joie, tu serais fou ! et tu courrais retrouver Charlotte...

D'ASPERGÈS. — Pour qu'elle me passe la main dedans.

CORDOUX. — La main ! tu veux dire le doigt. Allons, sois modeste, comme il convient à la pomme d'escalier que tu es. Je reprends. J'ai voulu savoir combien j'avais de cheveux, me mettre au courant. Je me suis enfermé toute une journée dans ma bibliothèque et je les ai comptés. Devine.

D'ASPERGÈS. — Deux cent quarante mille?

CORDOUX. — Quatre-vingt-dix-neuf !

D'ASPERGÈS. — C'est une forêt ! Ah ! je regrette d'être si pauvre. Si j'en avais seulement un, je te l'aurais donné pour faire les cent.

CORDOUX. — Et avec ces quatre-vingt-dix-neuf, tu ne peux pas t'imaginer tout ce que j'arrive à obtenir ! C'est inouï ! La façon de les présenter, de les disposer... Un jour je les couche à droite, un autre jour à gauche, ou bien je les rabats par devant, je les rejette en arrière, je les mets tout droits. Enfin, ils se multiplient, ils vont et viennent, ils sont épatants... Je ne sais pas comment ils font, ils sont partout à la fois.

D'ASPERGÈS. — Tu crois ça? Erreur, cher ami. Tu parais aussi déplumé que moi, va !

CORDOUX, *mélancolique*. — C'est bien possible, en somme ! Mais qu'est-ce que tu veux? Je vais te faire une confidence. J'ai tout tenté pour les perdre. Je ne peux pas.

D'ASPERGÈS. — Explique-toi.

CORDOUX. — Mais oui. Quand j'ai vu qu'il ne me restait plus que cette mèche, j'ai pensé : « C'est stupide. Elle me nuit plutôt qu'elle ne me sert. Elle est là, fichée comme un palmier dans le Sahara, elle attire l'attention. Du moment que nous sommes genou, soyons genou tout à fait. »

D'ASPERGÈS. — Crânement.

CORDOUX. — Et j'ai rasé ma touffe. Mon cher, elle a repoussé, d'un jet !

D'ASPERGÈS. — Veinard.

CORDOUX. — Et avec une énergie dont tu n'as pas idée. J'ai employé des eaux, des pâtes, des cosmétiques. Impossible d'avoir le dernier mot. — Elle repousse toujours. Alors, que veux-tu? de guerre lasse, je la laisse libre. Mais au fond, pour te dire franchement ma pensée, j'aimerais mieux être pareil à toi, sans un poil de duvet, parce qu'au moins ça rime à quelque chose. Ça n'est pas une machine bâtarde comme moi.

D'ASPERGÈS. — Tu exagères. Mais cependant, tu as peut-être raison. Et à présent que tu m'as mis à l'aise, je peux te l'avouer : eh bien, c'est risible, ton pinceau. Tout le monde s'en moque.

CORDOUX. — Ah?

D'ASPERGÈS. — Je vais même te dire une chose qui va te faire rire, parce que tu as un bon caractère.

CORDOUX. — Va donc. Ne te gêne pas.

D'ASPERGÈS. — Sais-tu comment on t'appelle, au cercle?

CORDOUX. — Non.

D'ASPERGÈS. — L'Occasion.

CORDOUX. — Comprends pas.

D'ASPERGÈS. — Parce que l'Occasion n'a qu'un cheveu qu'il faut saisir et ne pas lâcher...

CORDOUX, *riant forcé*. — J'y suis. Ah ! vraiment, on m'appelle... Ah ! c'est très drôle.

D'ASPERGÈS. — Tu n'es pas fâché?

CORDOUX. — Au contraire. Et toi, sais-tu comment on t'a baptisé?

D'ASPERGÈS. — Aussi au cercle?

CORDOUX. — Aussi au cercle.

D'ASPERGÈS. — Je ne m'en doute pas.

CORDOUX. — Absalon.

D'ASPERGÈS. — Charmant. Ah!... ah!...

CORDOUX. — Avoue que c'est amusant aussi?

D'ASPERGÈS. — Oui. Mais c'est moins drôle que l'Occasion. Je trouve ça cre-

vant, moi, l'Occasion qui n'a qu'un cheveu qu'il faut...

CORDOUX, *agacé*. — Saisir et ne pas
lâcher. Je sais. Ça suffit.

D'ASPERGÈS. - Tu as l'air contrarié?

D'ASPERGÈS. — César l'était.

CORDOUX. — Charles aussi.

D'ASPERGÈS. - Qui ça, Charles?

CORDOUX.—Charles le Chauve, parbleu!

D'ASPERGÈS. — C'est vrai. Les pre-

L'OCCASION N'A QU'UN CHEVEU.

CORDOUX. — Mais non.

D'ASPERGÈS. Après tout, nous
serions bien bêtes, l'un et l'autre, de
nous faire de la bile. D'abord, ça n'est
pas de notre faute. Et puis, c'est pas si
laid que ça.

CORDOUX. — C'est même très chic.

miers temps, ça surprend, on se sent un
peu déshabillé, ça vous paraît presque
indécent. Mais on s'y habitue bien vite.

CORDOUX. — Par exemple, ça vous
déprime le front.

D'ASPERGÈS. — Au contraire, ça vous
l'agrandit.

CORDOUX. — Trop.

D'ASPERGÈS. — Un des effets que ça me produit, c'est que mes idées ont froid, là-haut, sous la coupole, et puis qu'on lit dans ma cervelle tout ce que je pense.

CORDOUX. — Porte une perruque.

D'ASPERGÈS. — Jamais ! C'est comme les calottes de soie. Tout ça c'est abominable. Il vaut mieux arborer son crâne. Quand on l'a comme moi bien lisse et bien miroitant ; ah ! mon Dieu, c'est aussi joli qu'un plastron de chemise. D'ailleurs tout dépend de la façon dont on le porte. Y en a qui portent ça comme un casque, d'autres qui se donnent l'air d'un moine, d'autres qui l'ont gris, tout plein malheureux.

CORDOUX. — Moi, quand je vois des gens complètement chauves...

D'ASPERGÈS. — Comme nous.

CORDOUX. — Comme toi, — j'ai invariablement deux idées. La première, c'est une envie folle, irrésistible, une envie d'homme gros, de dessiner dessus des cases au crayon bleu, avec des numéros et des inscriptions, comme sur les têtes où il y a tracé le système de Gall : Force, rancune, bestialité, etc. Promets qu'un jour tu me laisseras faire ça sur toi? Nous nous amuserons bien.

D'ASPERGÈS. — En voilà assez. Dis ta seconde idée?

CORDOUX. — Ma seconde idée, c'est que la boule d'un chauve, c'est comme une troisième joue qu'il aurait. Aussi, tiens, si je voulais en insulter un, c'est là-dessus que je lui mettrais ma main. Et pour moi, ça serait tout de même comme si je la lui mettais sur la figure.

D'ASPERGÈS. — Ça serait pire, vieux camarade, ça serait la plus grosse offense qu'on pourrait lui faire ! Ou bien alors de le tirer par la barbe.

CORDOUX. — S'il en a une.

D'ASPERGÈS. — Bien entendu. Mais as-tu remarqué? toi et moi nous portons la barbe. Presque tous les œufs d'Autruche la portent.

CORDOUX. — C'est vrai.

D'ASPERGÈS. — Et alors, barbe et moustaches, tout ça déballe avec une poussée, une incontinence... quelque chose de terrible.

CORDOUX. — Qu'est-ce que tu veux? Nous nous dédommageons.

D'ASPERGÈS. — Oui, on se rattrape d'un autre côté. C'est égal, mon pauvre gros, dans l'histoire ancienne, si Samson avait eu notre caillou, une femme embêtée, ça aurait été Dalila ! Veux-tu me dire un peu ce qu'elle aurait fait ?

CORDOUX. — Je me le suis souvent demandé.

LE MUSCLE

JACQUES BARBOTAN, 20 ans.   PAUL FITOU, 26 ans.

BRIGANTIN, 50 ans, professeur de boxe et de savate.

A la salle Brigantin, de très bonne heure. Barbotan et Fitou, vêtus de flanelle blanche et en sandales, causent pendant un repos. Barbotan a les bras nus. Fitou, en culotte, a les mollets nus. Le professeur Brigantin, un peu ankylosé, mais qui porte encore fameusement beau, fait la conversation avec eux, tout en marchant de long en large.

BARBOTAN, *arrêté devant une glace et regardant ses biceps.* — Ma parole ! je crois qu'ils grossissent encore !

BRIGANTIN. — C'est bien possible. Ils sont extraordinaires, vos biceps ! Voilà trente ans que je professe. J'en ai déjà vu pas mal, et des gentils, je vous assure. Mais ça, ces boulets de canon que vous avez là, de chaque côté, en haut des bras... non, j'ai jamais rien vu de pareil !

FITOU. — A ce point-là, même, ça cesse d'être beau. Ça devient une infirmité.

BARBOTAN. — L'autre, là, qui n'est pas content. Le molletier !

FITOU. — Certainement. J'aime encore mieux me faire arriver les muscles dans le mollet que dans les bras. Le mollet, c'est sa nature, c'est son devoir d'être fort.

BARBOTAN. — Pour les Suisses. Est-ce que tu voudrais être Suisse? Ah ! malheur ! Oùs qu'est ta hallebarde?

FITOU. — Blague. Ils me servent pour la savate, mes mollets, et quand je te tire le coup de poitrine, tu éprouves le besoin de te reculer.

BARBOTAN. — Je ne m'occupe pas de la savate, moi. Je fais de la boxe, la vraie, la seule, la boxe anglaise. Approche un peu ton frais visage, que je t'allonge un coup de poing droit entre les sourcils, et nous verrons si c'est avec ton mollet que tu vas me le parer.

FITOU. — Il ne s'agit pas de ça. Il s'agit que tu te déformes.

BARBOTAN. — Elle est bonne, celle-là. Je me déforme. C'est-à-dire que je suis superbe. J'ai l'air d'un Michel-Ange.

BRIGANTIN à *Barbotan*. — Comment dites-vous?

FITOU. — D'un Michel-Ange.

BRIGANTIN. — Connais pas. A quelle salle va-t-il?

BARBOTAN. — Ce n'est pas un boxeur monsieur Brigantin, c'est un peintre du temps de la Renaissance.

FITOU. — Un homme qui dessinait des gros bras.

BRIGANTIN. — Oh! alors, ça m'est égal.

FITOU, *à Brigantin.* — Voyons, sérieusement, n'est-ce pas que c'est laid quand le biceps atteint de pareilles proportions? C'est tout, excepté des bras. On ne sait plus. Avec ces boursouflures... t'as l'air d'avoir des pets de nonne sous la peau.

BARBOTAN. — Jaloux !

FITOU. — T'aurais du succès dans les foires, je t'assure. Tu n'as qu'à te montrer, tu feras de l'argent.

BARBOTAN. — Toi, tu n'as qu'à te mettre une jupe, un bas de tricot, et à poser ton peton sur un tabouret, tu feras un amour de femme géante, à Saint-Cloud. Messieurs les militaires tâteront ton petit mollet, et ils en rêveront la nuit.

FITOU, *à Brigantin.* — Croyez-vous qu'il a mauvais caractère, hein?

BRIGANTIN. — C'est vous qu'avez commencé, monsieur Fitou. Allons, messieurs, respect au maître, et soyons sages. Vous êtes tous les deux mes élèves : au lieu de disputer, donnez-vous

la main. Et puis, vous êtes dans l'erreur, monsieur Fitou, quand vous reprochez à votre ami le développement de ses bras. La mariée n'est jamais trop belle.

BARBOTAN, *à Fitou.* — Ah! Tu entends?

FITOU. — Soit. Mettons que je n'ai rien dit.

BRIGANTIN. — Honneur aux muscles, voyez-vous, et laissons-les se comporter à leur guise. Tout ce qu'ils font, c'est pain bénit. Faut pas critiquer.

BARBOTAN. — Parbleu ! Mais il ne comprend pas ça, lui ! La joie qu'on a, rien qu'à regarder ses bras, à les tâter. Quand j'étais petit, je les embrassais dans mon lit. C'est comme mes muscles ! Mais, pour moi, ce sont des amis ! Et tous, sans préférence, les adducteurs, les rotateurs... Toute la bande ! Je les connais par leur nom, je sais où ils sont nichés, il me semble que je les vois à l'œil nu. Là, je sais que c'est mon vieux deltoïde, là mon sus-épineux, ici mon grand rond... Ça n'est rien, n'est-ce pas? eh bien, cela me fait plaisir tout de même !

FITOU. — C'est bon. As-tu fini de nous raser avec tes aponévroses?

BARBOTAN. — J'ai fini. Et d'ailleurs, je ne te raserai plus bien longtemps ! Je pars samedi prochain.

BRIGANTIN. — Vous partez?

FITOU. — Tu t'en vas et tu nous quittes?

BARBOTAN. — Oui, mes poulets. Et bien loin, bien loin !

FITOU. — Où ça?

BARBOTAN. — A Chicago.

BRIGANTIN. — Pour l'Exposition?

BARBOTAN. — Oui et non. Pour un concours de biceps qui a lieu en juin.

BRIGANTIN. — Bravo ! Vous êtes capable d'avoir le prix.

FITOU. — Ah bien ! Il ne te manquait plus que ça !

BRIGANTIN. — Et qu'est-ce que c'est que le prix?

BARBOTAN. — Deux choses. D'abord

BARBOTAN. — Capon.

FITOU. — Et l'autre objet?

BARBOTAN. — Un revolver en or qui sonne l'heure chaque fois qu'on en tire un coup.

PIF, PAF PAN !

un ballon à électricité avec un ingénieux mécanisme ; le tout se démonte et peut tenir dans un sac de nuit.

BRIGANTIN. — Ça, c'est inouï !

FITOU. — Voilà une machine, si par hasard tu la gagnes, dans laquelle je n'irai jamais me ballader !

FITOU. — C'est plus gentil. Pour un peu, j'irais aussi à Chicago. Tu es sûr qu'il n'y a pas de concours de mollets?

BARBOTAN. Non.

FITOU. — Tant pis. Je me serais mis sur les rangs. Mais ça ne peut pas tarder... Et ce jour-là, je fais ma malle.

BARBOTAN. — N'y a qu'un point noir pour moi dans ce voyage.

FITOU. — Quel?

BARBOTAN. — La traversée. J'ai peur pour mes bras. Si le bateau allait me les abîmer.

FITOU. — Bon! Voilà une autre affaire, à présent! Tu crains qu'ils n'aient le mal de mer?

BARBOTAN. — Plaisante. Mais l'air et le changement de régime peuvent très bien les influencer.

FITOU. — Tra la la! Tu t'arrangeras. Tu les déposeras à fond de cale en les recommandant bien au capitaine.

BRIGANTIN. — Et vous resterez long-temps, en Amérique?

BARBOTAN. — Un mois environ.

FITOU. — Ça ne dure pas un mois, ton concours?

BARBOTAN. — Non, mais pendant que je serai là, j'en profiterai pour voir à droite et à gauche, m'instruire, boxer un peu.

FITOU. — Tu m'écriras?

BARBOTAN. — Si tu es bien raisonnable.

FITOU. — C'est vexant qu'il n'y ait pas moyen d'aller là-bas en bicyclette; sans ça, je t'aurais rejoint.

BRIGANTIN. — Qu'est-ce que vous voulez, monsieur Fitou? il faut vous consoler.

FITOU. — Oui.

BRIGANTIN, *à Barbotan.* — Et maintenant, monsieur Barbotan, reprenons.

BARBOTAN. — Avec ivresse. (*Ils se mettent tous deux en garde.*)

BRIGANTIN. — Garde à gauche. Tirez-moi au creux de l'estomac, je pare du droit, je riposte du gauche au visage, vous parez, feinte à l'estomac et en pleine figure. Partez. (*Barbotan exécute le mouvement.*) Pan, pan, pan! Pif, paf et pan! C'est joli, mais ça manque de colère. Sacrelotte! ragez, mangez-moi, n'ayez pas peur!

BARBOTAN. — Attendez un peu.

BRIGANTIN. — Là, sautez-moi dessus. Pan, pan! Bravo! Envoyez-moi ça comme un paquet de sottises. Pif, paf pan! Touché! Cette fois, c'est boxé comme le bon Dieu.

BARBOTAN. — Pas fait de mal?

BRIGANTIN. — Non. Avec le gant, c'est une caresse. Mais, sans le gant, vous assommeriez votre monsieur en grande largeur!

BARBOTAN. — Vraiment?

BRIGANTIN. — Je vous le garantis.

BARBOTAN. — Si vous saviez le plaisir que vous me faites! J'aime tant ça! Je suis si heureux! Je voudrais que mes biceps fussent encore grossis du double, du triple, énormes, qu'ils ne s'arrêtent jamais... pour être l'homme le plus fort de France et de Navarre!

BRIGANTIN, *à Barbotan.* — Oui... oui, mais prenez garde pourtant, monsieur Jacques, et ne vous exaltez pas tant, parce que, avec des idées pareilles, la tête s'échauffe, et puis, on peut devenir fou!

BARBOTAN. — Allons donc?

FITOU. — En plein, mon petit! Et toi, ça serait la folie des grosseurs!

LES JAMBES

LE PETIT CANCALE, 20 ans.   BARON BOTERNEAU, qui avoue 59.
ALPHONSE, valet de chambre de Cancale.

Chez Cancale, vers les deux heures de l'après-midi. — Un salon où sont déposés sur les dossiers des sièges, des pourpoints, hauts-de-chausses, petits manteaux, collerettes, toquets, etc., à se croire chez un costumier. Cancale va et vient, très affairé, Boterneau, dans un fauteuil, fume un cigare.

BOTERNEAU. — Alors, vous dites que c'est jeudi, ce bal chez les Berthevin?

CANCALE. — Oui, mon bon.

BOTERNEAU. — Et vous êtes en duc de Joyeuse?

CANCALE. — Oui, mon bon.

BOTERNEAU. — Je vous félicite. Étant données vos jambes...

CANCALE. — N'est-ce pas? Il m'était difficile de choisir, en dehors du maillot et du Henri III?

BOTERNEAU. — Absolument.

CANCALE. — Elles sont bien, pas vrai? mes jambes.

BOTERNEAU. — Charmantes.

CANCALE. — C'est ce qu'on me dit de tous les côtés. Et j'en parle sans fausse modestie, parce qu'après tout, je n'y ai aucun mérite. C'est le Créateur qui les a faites comme ça ! Bénissons-le, mon bon.

BOTERNEAU. — Je sais ce que c'est. J'ai été comme vous, quand j'avais votre âge. Vous êtes trop jeune pour...

CANCALE. — Mais non. Mais non. Je me rappelle avoir entendu dire bien des fois à mon oncle, et aussi à mon père : « Tu vois bien, ce vieux daim de Boterneau? Il a eu des jambes étonnantes ! »

BOTERNEAU. — Oui. Où qu'a sont à présent?

CANCALE. — A sont là, parbleu! dans votre pantalon. Elles ne sont pas envolées.

BOTERNEAU. — Sans doute. Elles sont toujours là. Mais c'en est d'autres. Plus les mêmes.

CANCALE. — Allons, allons. N'attristez pas mes vingt ans.

BOTERNEAU. — Vous avez raison, ça n'avance à rien.

CANCALE. — A rien du tout, mon bon. Et puis, ce n'est pas pour ça que je vous ai prié de venir. Non. Précisément parce que vous avez eu de la jambe et que vous n'êtes pas un profane, je tiens à avoir votre avis, et pour ce bal Berthevin, je ne remuerai pas un doigt sans vous consulter.

BOTERNEAU. — Vous êtes trop gentil!

CANCALE. — Je ne suis pas gentil, je suis égoïste. Je blague, mais soyez persuadé que je sais à qui je parle.

BOTERNEAU. — Je vous écoute.

CANCALE. — Voilà, mon bon. Ah! d'abord... (*Il sonne, le valet de chambre paraît.*) Alphonse, apportez-moi les copies.

ALPHONSE. — Avec la boîte à maillots?

CANCALE. — Bien entendu. (*Alphonse sort.*) — C'est une idée que j'ai eue, très ingénieuse, et très pratique. Sur soi-même, on ne voit rien. Aussi, pour mieux me rendre compte de l'effet des maillots, des reflets, du jeu des nuances, de tout enfin, j'ai fait mouler mes jambes, les deux... il y a de ça six mois.

BOTERNEAU. — Une seule aurait suffi.

CANCALE. — Non pas. La droite n'est pas la gauche, et réciproquement. C'est comme les feuilles des arbres... Vous savez qu'il n'y en a pas deux, dans toutes les forêts de la terre, qui se ressemblent?

BOTERNEAU. — On le prétend, mais ça n'a jamais été vérifié.

CANCALE. — Enfin, les savants l'affirment. J'ai donc fait mouler mes deux jambes...

BOTERNEAU. — Par qui?

CANCALE. — Par un habile praticien.

BOTERNEAU. — Je m'imagine que ça doit être très désagréable, cette maçonnerie?

CANCALE. — Faut pas être chatouilleux. Et puis ça fait du mal quand on retire les moules, parce que ça colle et et que ça vous arrache votre gentil duvet.

BOTERNEAU. — Bah! Il repousse après. (*Alphonse reparaît, apportant deux grandes boîtes, l'une longue, l'autre courte et carrée. Il les dépose à terre. De la boîte longue, il sort deux jambes grandeur nature en plâtre, coupées en haut de la cuisse.*)

CANCALE, *à Alphonse.* — Posez-les là, sur le piano. C'est parfait.

ALPHONSE. — Et la boîte aux maillots?

CANCALE. — Mettez-la sur le fauteuil. (*Alphonse sort.*)

BOTERNEAU, *qui s'est levé et s'est approché des plâtres.* — Nom d'un bonhomme! Il me semble que je passe devant un magasin d'orthopédie!

CANCALE. — Soyons sérieux. Vous voyez: voici donc la répétition exacte de mes jambes. Elles sont toutes les deux très bien venues.

BOTERNEAU. — La droite surtout.

CANCALE. — Je ne déteste pas la gauche.

BOTERNEAU. — Croyez-moi, la droite est meilleure. Elle est plus complète.

CANCALE. — Vous trouvez? Moi, je serais très embarrassé de dire celle que je préfère. C'est mes deux filles. On les aime autant l'une que l'autre.

BOTERNEAU. — Et à quoi ça vous sert-il, ces deux postiches?

CANCALE. — Vous le demandez !

BOTERNEAU. — A cor et à cris. Expliquez leur usage, faites-les manœuvrer devant moi.

CANCALE, *désignant la seconde boîte apportée par Alphonse.* — Ouvrez cette boîte. (*Boterneau l'ouvre.*) Qu'est-ce qu'il y a dedans?

BOTERNEAU. — Des paires de bas roulées.

CANCALE. — Non, monsieur, ce ne sont pas des bas, ce sont des maillots de toutes couleurs et de toutes nuances.

BOTERNEAU. — Ça a dû vous coûter très cher?

CANCALE. — Très... Depuis le noir le plus sombre, le plus espagnol, jusqu'au chair, fleur-de-pêcher. Eh bien, dès que j'ai un bal costumé sur la planche — et je suis invariablement invité à tous ceux qui se donnent — je m'enferme avec Rosa et Josepha.

BOTERNEAU. — Pardon, que dites-vous?

CANCALE. — Mes jambes mobiles... ce sont les noms que je leur ai trouvés pour les désigner.

BOTERNEAU. — Très amusant.

CANCALE. — C'est Rosa la droite.

BOTERNEAU. — Et Josepha la gauche, alors?

CANCALE. — Il y a des probabilités. Je m'enferme donc avec elles, et je leur mets successivement tous mes maillots.

BOTERNEAU. — Les vingt paires?

CANCALE. — Les vingt. Ça me prend deux bonnes heures.

BOTERNEAU. — Ce n'est pas encore trop.

CANCALE. — Et puis, quand même, on ne peut pas dire que ça soit du temps perdu.

BOTERNEAU. — Ça, non.

CANCALE. — Et alors je vois, je réfléchis, je médite. J'essaie d'une couleur, je la prends, je la quitte, je la reprends. Ah ! il est bien rare que je me décide du premier coup, parce que j'ai le travail très lent. Une fois que j'ai bien vu au jour, je tire les rideaux, je fais la nuit, et j'allume, pour juger aux lumières. Presque toujours, j'obtiens alors des effets imprévus qui viennent changer mes idées, qui me font repartir sur une nouvelle piste. Voilà le grand service que me rendent mes plâtres ; ça me permet de tourner autour de mes jambes et de les examiner sous tous leurs aspects.

BOTERNEAU. — Évidemment, c'est un avantage.

CANCALE. — Inappréciable ! Je sais bien que la plupart de mes amis se moquent de moi et me prennent pour un grotesque.

BOTERNEAU. — Après? Est-ce que ça vous atteint?

CANCALE. — Non. Je suis trop haut. Une des grandes forces de ma vie, Boterneau, c'est que je n'ai jamais craint de braver le ridicule. Je fais ce que j'ai à faire. Droit au but. Le reste, ça m'est égal.

BOTERNEAU. — « Bien faire et laisser dire. » Vous êtes dans le vrai !

CANCALE. — Ça vous ennuierait-il que nous passions ensemble en revue la série?

BOTERNEAU. — Des maillots?

CANCALE. — Oui.

BOTERNEAU. — Pas le moins du monde.

CANCALE. — Merci, vous êtes un camarade. Vous me direz votre pensée, pour ce Joyeuse. Je suis perplexe. J'hésite entre un gris-perle et un citron.

BOTERNEAU. — Oh ! ça ne vous semble pas un peu verjus, le citron?

CANCALE. — Il n'est pas criard, mon citron, Boterneau. C'est un citron très sage, très repenti.

BOTERNEAU. — Moi, je vous conseillerai plutôt le gris-perle.

CANCALE. — J'y incline.

BOTERNEAU. — Mon cher, c'est bien imprudent, ce que vous faites là ! Oh ! que c'est imprudent, mon cher !

CANCALE. — Je ne vous dis pas. Mais

CANCALE. — Je n'y suis pas hostile, parbleu ! Mais c'est que les femmes préfèrent le citron. Et dame ! comme c'est à elles qu'il faut songer avant tout, dès qu'on se décollète...

BOTERNEAU. — Vous le prendrez ?

qui ne risque rien n'a rien. Et si vous saviez, sous le maillot citron, comme la jambe est craquante et belle ! Rien n'est perdu, ni sacrifié ; d'abord les parties rondes y gagnent : ça leur donne une espèce de luisant argenté ; et puis les muscles, le jarret, les jolis détails du genou, prennent une importance !... Vous n'avez pas idée.

BOTERNEAU. — Si ! J'en ai porté un dans le temps chez la marquise de Coulance, eh bien, ces deux jambes citron, clairettes et satinées, on a trouvé que j'avais l'air d'un berlingot ! Alors, pour le duc de Joyeuse, ça ne serait peut-être pas le cas de risquer cette comparaison.

CANCALE. — Avec moi, elle est inadmissible. D'autant que, — je vous en demande pardon, — mais berlingot n'avait peut-être pas été suggéré par la couleur de vos jambes.

BOTERNEAU. — Par quoi alors?

CANCALE. — Par leur forme.

BOTERNEAU. — Leur forme ! Qu'est-ce que ça veut dire, ça? Qu'elles auraient été tournées, mal faites... Ah ! mon pauvre enfant, vous oubliez que j'ai eu les plus belles jambes de Paris, pendant vingt ans. Vous en conveniez vous-même tout à l'heure.

CANCALE. — Après tout, je n'en sais rien, je ne les ai pas vues.

BOTERNEAU. — A votre bal, chez les Berthevin, demandez à toutes les mères. Elles les ont vues, elles.

CANCALE. — Et vous, avez-vous vu les leurs?

BOTERNEAU. — Souvent, jeune homme. Et je vous souhaite que les jambes de leurs filles ne vous soient pas plus cruelles qu'à moi. Là-dessus, je vous quitte. Vous êtes un gentil petit garçon, mais vous venez de me manquer de respect, à moi, votre aîné ; ne vous étonnez donc pas si je m'en vais.

CANCALE. — Fâché?

BOTERNEAU. — Fâché.

CANCALE. — Comme vous voudrez. Prenez-les à votre cou. Je ne vous retiens pas. Mais là, vrai, y a une chose que vous avez, en tout cas, plus mal faite que les quilles.

BOTERNEAU. — C'est?

CANCALE. — Le caractère, mon bon.

BOTERNEAU. — J'aime mieux ne pas répondre. Bonsoir. (*En se retournant pour s'en aller, il accroche du coude une des jambes posées sur le piano, qui tombe avec fracas.*) Ça y est. C'est Rosa !

CANCALE, *se précipitant*. — Non, mais en voilà un animal! Il me casse la jambe, à présent !

BOTERNEAU. — Ça n'est pas un grand malheur, mon Dieu ! Vous avez dû garder le moule.

CANCALE. — Vous-même! Sortez. Filez.

SE FAIRE UNE TÊTE

MATHIAS RUFIN, 30 ans, brun magnifique, moustache et barbe, tête à la Rembrandt.
PASCAL DE BIGORRE, 28 ans, blond exquis, genre officier autrichien.
CLAIRE ANÉMONE, un Tanagra, de 20 à 22 ans. Appartient à Mathias Rufin.

En mai, chez Claire, dans la galerie pompéienne, après déjeuner. Ils sont tous trois couchés
sur des divans.

CLAIRE, *qui se regarde dans un miroir à main en vieil argent.* — Ce matin, mes bons petits canards, je me suis trouvé deux cheveux blancs.

RUFIN. — Douloureux. Qu'est-ce que tu en as fait?

CLAIRE. — Je les ai arrachés, tiens, et puis j'ai soufflé dessus.

BIGORRE. — A cette heure, ils flottent dans Paris.

RUFIN. — Et y a des naïfs qui les prennent pour des fils de la Vierge. Ils ne se trompent pas à moitié !

CLAIRE. — C'est une insolence?

RUFIN. — Une constatation, mon petit. Passe-moi donc le miroir.

CLAIRE. — Pourquoi?

RUFIN. — Que je voie quelque chose.

CLAIRE. — Qu'est-ce que tu désires voir?

RUFIN. — Passe-le toujours. **Je te** dirai après.

CLAIRE. — C'est pour te contempler?

RUFIN. — Tu as mis le nez dessus.

CLAIRE. — Tu ne fais que ça toute la journée. Tu n'en as donc pas plein le dos, de l'admirer?

RUFIN. — Je ne m'en lasse pas. Plus cet enfant se voit, plus il s'aime !

CLAIRE. — Ah bien ! franchement !...

RUFIN. — Ose dire que ma tête n'est pas belle?

CLAIRE. — Si, mais c'est pas une vraie belle tête nature, c'est une tête obtenue. Et au prix de quels efforts !

RUFIN. — C'est là que je t'attendais. Certainement, elle est obtenue.

CLAIRE. — Tu en conviens !

RUFIN. — Je m'en vante.

BIGORRE. — La mienne aussi et j'en suis fier. *Superbus !*

RUFIN. — Eh bien, et toi, ma pauvre petite bijoute, est-ce que tu te figures que tu as la grâce inculte et naturelle d'une fille des champs?

BIGORRE. — Oui, tu ne t'imagines pas, j'espère, que t'es venue au monde comme tu es, avec cinq mètres de galon d'argent dans les cheveux et un coup de fer de Marcel? C'est très travaillé, ta petite binette de camée. Ça sent l'huile à trente pas, mon chéri.

CLAIRE. — Tu mens. Je ne me mets jamais de ces horreurs-là...

BIGORRE. — Tu ne comprends pas. Je te parle au moral.

CLAIRE. — Ah bon !... Du moment que c'est du moral...

RUFIN. — Tu es moins ouverte, nous savons. Mais il faut tâcher de t'y mettre un peu. Fais le premier pas.

BIGORRE, *à Claire.* — Ton reproche à Mathias de ne pas avoir une belle tête nature, c'est idiot, soit dit sans te froisser.

CLAIRE. — Parce que?

BIGORRE. — Parce qu'il n'y a pas de belles balles nature, ça n'existe pas.

CLAIRE. — Avec ça ! J'ai connu, quand j'étais gamine, une gardeuse de dindons qui avait un visage magnifique.

RUFIN. — Où as-tu rencontré cette merveille?

CLAIRE. — A la campagne.

BIGORRE. — A la campagne !... A la campagne... c'est tout autre chose. Je ne te parle pas de la campagne, moi !

RUFIN. — Nous te parlons de Paris.

CLAIRE. — Ça n'empêche pas que...

BIGORRE. — Et puis, ne répète jamais devant le monde ce que tu viens de dire, parce qu'il pourrait se trouver de mauvaises gens, des rossards, qui croiraient que la gardeuse de dindons, c'est toi.

CLAIRE. — Surtout si vous êtes là.

BIGORRE. — Très gentil. Mais tu m'as coupé. Qu'est-ce que je disais? Ah ! oui, je te disais qu'il n'y a pas de belles têtes nature. Il y a des têtes qui sont des bases, des points de départ, des données, des indications, mais pas davantage. On ne fera quelque chose de propre avec elles que si on en prend sérieusement la direction. Autrement rien : la beauté n'est plus qu'une machine grossière, sans éclat ni parfum, comme cette rose ratée, — tu sais bien, Rufin, comment l'appelles?... un nom dans le genre d'Ernestine.

CLAIRE. — L'églantine.

BIGORRE. — Oui.

CLAIRE. — C'est ravissant !

BIGORRE. — C'est infect. Je ne peux pas te trouver de meilleur exemple. On nous rase dans les livres, avec la nature, et qu'on doit la laisser faire, et qu'il ne faut pas y toucher, un tas d'escarpolettes, quoi ! et puis, elle, alors, elle nous fiche l'églantine, v'lan, qui a l'air stupide et qui ne sent rien ! Après l'églantine, la nature s'assoit sur les talons, elle n'en peut plus, elle est au bout de son rouleau. Tandis que l'homme, il triture, perfectionne, greffe, potasse tout ça enfin, et lui, il fait la rose, la rose bien parisienne, la vraie rose, grosse comme mon chapeau et qui me colle une migraine, tellement elle embaume !

RUFIN. — La Niel, la baronne de Rothschild, la Sombreuil, la Beauté d'Europe, la...

CLAIRE. — Assez. Tu nous embêtes.

BIGORRE. — Enfin, tu ne trouves rien à répondre.

RUFIN. — Tu es collée.

CLAIRE, *à part, avec un soupir.* — Hélas !

RUFIN. — Oui, la nature a besoin d'être aidée ; elle ne fait rien de complet. J'ai compris ça dès que j'ai eu mes grosses dents. Je savais qu'une des premières conditions, pour réussir en ce bas monde, c'est d'avoir un boulet spécial, d'être le monsieur dont on dit : « Comme il a une jolie tête ! » Alors, je m'y suis mis pour de bon. C'était pas facile. Sans doute, j'avais en main les éléments : une brillante arcade sourcilière, un nez potable et des yeux qui allaient, le tout dans la note tableau d'histoire... Mais le menton ! mais le front, mais la plantation des cheveux... atroce ! archilaid ! eh bien, à force d'adresse et de volonté, j'ai neutralisé par-ci, corrigé par-là, je suis arrivé à me façonner un autre menton, un autre front... A présent, j'ai une tête à la Rembrandt, c'est acquis, on ne peut plus me l'enlever. Parce que j'ai travaillé. Si je n'y avais pas mis du mien, si j'avais laissé ma tête vagabonder à sa guise, au jour le jour, va-comme-je-te-pousse, aujourd'hui j'aurais l'air d'un bonnetier, mes chers

enfants, du premier venu. Est-ce vrai, Bigorre?

BIGORRE. — C'est criant. Moi, les gens qui ne me connaissent pas, pourquoi est-ce qu'ils me prennent invariablement pour un officier autrichien? Ce n'est pas l'effet du hasard, c'est parce que tout, chez moi, concourt à donner cette impression : l'arrangement viennois de la moustache, la coupe du visage, un petit chic Andrassy, quoi !

RUFIN, *à Claire.* — Et c'est comme ça, non seulement pour la tête, mais pour tout ce qui concerne la personnalité. Dans n'importe quelle matière, il y a un coup de pouce à donner. La preuve, tiens (*montrant Bigorre*), tu vois l'ami Pascal?

CLAIRE. — Oui.

RUFIN. — Eh bien, demande-lui ce qu'il a fait, pour son nom?

BIGORRE. — Oh ! je n'en rougis pas. Mes pauvres parents s'appelaient Bagnères, pas un sou de plus. J'ai coupé court à ça pour le remplacer par vicomte de Bigorre. Ça revient au même **mais** c'est pas comparable !

RUFIN. — Quand je te dis que tout a besoin d'être arrangé?

CLAIRE. — Le coup de pouce.

RUFIN. — Et on a bien raison de le donner, le coup de pouce. Tous les gens qui ont été quelqu'un se sont fait une tête. Ils sentaient qu'ils ne pouvaient pas ressembler à leur concierge.

BIGORRE. — Henri IV.

RUFIN. — Napoléon. Tous les camarades. Chacun une tête.

CLAIRE. — Oui, mais au fond de leur tête ils avaient quelque chose dans le ventre ! Tandis que vous !...

RUFIN. — Quoi? Qu'est-ce que tu nous demandes?

BIGORRE. — D'avoir du génie?

RUFIN.   Donne-nous le temps.

CLAIRE.   J'en perdrais trop.

RUFIN. — Et puis, ma chérie, comme te l'insinuait doucement Bigorre tout à

différent. Elle est faite pour plaire aux hommes et suivre le goût. La mode est à l'antique, aux bandelettes, je me plie à la mode. Cette saison, j'ai une

l'heure, tu prêches contre toi-même. S'il y a quelqu'un qui ait une tête machinée et préparée, c'est bien toi, Claire Anémone, dite : le Tanagra de la plaine Monceau.

CLAIRE. — Une femme, c'est tout

tête pompéienne ; l'hiver prochain, j'en aurai une autre. Tout ce qui a rapport à la beauté : les fards, les pâtes, les crayons, les teintures, tout le plâtre et son train, chez nous, ça n'est pas choquant, c'est professionnel, c'est le fait d'être née petite fille qui veut ça ! Mais les hommes ! les messieurs ! Ah non ! non ! Zut !

RUFIN. — Dis tout ce que tu voudras, mais je ne vois pas pourquoi, nous autres, parce que nous sommes nés petits garçons, nous serions condamnés à rester laids...

CLAIRE. — Mais vous l'êtes dix fois plus, imbéciles, en cherchant à le devenir moins.

BIGORRE, *à Rufin*. — Laissons-la, tiens. Les femmes n'ont jamais rien entendu à l'art.

CLAIRE. — Eh bien, c'est ça, laissez-moi. Fichez-moi la paix. Vous m'agacez.

RUFIN. — Claire.

CLAIRE. — ...

BIGORRE. — Claire.

CLAIRE. — ...

RUFIN. — Allons? une risette au Rembrandt.

CLAIRE. — ...

BIGORRE. — Un regard à l'officier autrichien. Non? La grande dignité?

RUFIN. — En plein. Une dame du faubourg outragée.

BIGORRE. — Tant pis alors.

RUFIN. — Tant pis.

BIGORRE. — Et puis, consolons-nous, va. Nous sommes beaux.

VANTARDISES

PAUL BRULON, 21 ans.   LA MEMBROLLE, 21 ans.
BARON NÉANT-DU-BOIS. de 50 à 79.

Chez Brûlon, vers les cinq heures du soir. On prend du porto.

LA MEMBROLLE. — Vous allez peut-être croire que je me vante? Moi, vous m'entendez? comme on veut, quand on veut, autant qu'on veut.

BRULON. — Tu exagères?

LA MEMBROLLE. — Non pas.

BRULON. — C'est une façon de parler.

LA MEMBROLLE. — Nullement. Et pour moi, vouloir c'est pouvoir.

BRULON. — Pauvre ami! Alors je te plains.

LA MEMBROLLE. — Tu as bien tort. Pourquoi?

BRULON. — Parce que tu es malade. Quand on en arrive à cette déplorable facilité...... gare !

LA MEMBROLLE. — Gare quoi?

BRULON. — Tout. La moelle épinière, coma, petite voiture percée.

LA MEMBROLLE. — Allons donc !

BRULON. — Tu verras. (*Montrant Néant-du-bois, plongé dans un fauteuil.*) Demande à Néant.

LA MEMBROLLE, *à Néant.* — Qu'est-ce que vous en dites, baron?

NÉANT. — Moi? Faites donc chacun comme vous l'entendez, mes enfants. On se sent. Si La Membrolle a le moyen d'être toujours prêt, *semper paratus*, qu'il se laisse aller, tiens, qu'il ne se retienne pas. Sans compter que, le jour où la recette baissera, naturellement il sera le premier à s'en apercevoir ; alors il réfléchira, il verra s'il y a lieu d'arrêter les frais.

BRULON. — On d'espacer.

NÉANT. — Oui. Et, de son côté, si Brûlon est un sage, qui trouve que le jeu n'en vaut pas si souvent la chandelle, eh bien, mais il n'est pas non plus dans son tort, ce garçon. Sans compter que plus tard, le jour où ses camarades de promotion seront réformés, il sera encore bon pour le service, lui...

LA MEMBROLLE. — Oh ! un bien petit service, en tout cas !

NÉANT. — Assez grand pour qu'on l'envie. Et on l'enviera.

LA MEMBROLLE. — Vous, Néant, quel était votre système?

NÉANT. — Vous êtes bien curieux.

BRULON. — Dites tout de même. Étiez-vous un prodigue?

LA MEMBROLLE. — Ou un avare?

NÉANT. — Les deux.

BRULON. — Comment ça?

NÉANT. — C'est-à-dire que je faisais comme Brûlon et que je parlais comme La Membrolle.

LA MEMBROLLE. — Mais vous mentiez?

NÉANT. — Je vous en réponds !

LA MEMBROLLE. — Je n'aurais jamais cru ça de vous. Ça n'est pas très joli, mon bon Néant.

NÉANT. — Je sais bien. Mais qu'est-ce que vous voulez ! Je m'en repens.

BRULON, à Néant. — Et maintenant, où en êtes-vous?

NÉANT. — A... à ce point de vue-là?

BRULON. — Oui.

NÉANT. — Je jouis du repos. *Fruor otio.*

LA MEMBROLLE. — Vous ne l'avez même pas gagné !

NÉANT. — Quand on l'a trop gagné, il arrive souvent qu'on ne le trouve plus ! Ça s'est vu.

LA MEMBROLLE. — Tra la la ! Moi, je ne peux pas taire la vérité. Je serais à sec que je le dirais. Oh ! ma parole ! Pensez donc de moi ce qu'il vous plaira, c'est comme j'avais l'honneur, à l'instant, de vous le faire assavoir. Comme on veut...

BRULON, *impatienté.* — Quand on veut, autant qu'on veut ! Ça suffit. Tu cries ça à bras tendus, comme une machine des Croisades !

LA MEMBROLLE. — Parfaitement. C'est ma devise.

BRULON. — Ne la rabâche pas à toute minute.

LA MEMBROLLE, *ju.* — L'habitude de me répéter !

BRULON. — Tu vois où elle te mène? Tu parles déjà sous toi.

LA MEMBROLLE. — J'aime mieux ça que d'être aphone.

BRULON. — Je ne suis pas aphone.

LA MEMBROLLE. — Un filet de voix.

NÉANT, à Brûlon. — Ne lui répondez pas, mon cher, vous êtes dans le vrai. Tous les gens sensés sont avec vous.

LA MEMBROLLE. — Je m'en moque un peu, des gens sensés ! Je ne connais qu'une chose, moi, c'est qu'il faut employer ce qu'on a. Les yeux sont faits pour voir, la bouche pour manger, les oreilles pour entendre.

BRULON. — Bravo ! Continue.

LA MEMBROLLE. — Non, mon ami. Tu voudrais me faire dire des inconvenances, mais tu n'y arriveras pas, je t'en préviens.

BRULON. — Tu es si chaste !

LA MEMBROLLE. — Mais certainement. Je suis ardent, passionné, mais sain, mais chaste. Mes excès sont beaucoup moins immoraux que la réserve. J'écoute la voix de la nature ; tant mieux pour moi si elle me parle souvent. Qu'est-ce

que je fais de mal? Veux-tu me le dire?
Tu blagues mes moyens ! en somme, ils
sont une preuve de force, de supériorité...

BRULON. — Physique, peut-être ! Et
encore !

LA MEMBROLLE. — Physique et intel-
lectuelle ! Et cérébrale !

BRULON. — Tu vas un peu loin.

LA MEMBROLLE. — Pas du tout. Si
mon cerveau résiste à toutes mes dé-
penses, tu juges s'il faut qu'il soit de
première qualité !

BRULON. — Oui, mais y résiste-t-il?
That is the question.

LA MEMBROLLE. — Tu vas insinuer
que je suis ramolli?

BRULON. — Pas encore. Mais tes idées,
par instants, sont beaucoup moins nettes,
moins vives. Ça m'a frappé.

LA MEMBROLLE. — Je ne trouve pas.
Au contraire, je sens que je me dégros-
sis, que je m'affine.

BRULON. — Qui perd gagne?

LA MEMBROLLE. — Tu l'as dit, bouffi.
Et j'achève ce que j'avais commencé :
mon tempérament est l'indice d'une
supériorité générale. A preuve, le lion.

BRULON. — Hein? quoi?

LA MEMBROLLE. — Le lion. Tu n'as
jamais entendu parler du lion?

BRULON. — Le roi des animaux?

LA MEMBROLLE. — En personne. Eh
bien, sais-tu ce qu'il fait, le lion?

BRULON. — Il rugit, tiens !

LA MEMBROLLE. — Ne dis pas de sottises. Tu me comprends très bien. Je te
demande si tu sais ce qu'il fait... au
point de vue amoureux?

BRULON. — Je n'en ai pas idée. Il ne
m'a jamais invité à le voir opérer.

LA MEMBROLLE. — Moi non plus, et
cependant je l'ai vu.

BRULON. — T'as vu ça, toi?

LA MEMBROLLE. — Oui, monsieur.

BRULON. — Où donc, que j'y coure?

LA MEMBROLLE. — Dans une ménagerie.

BRULON. — Parbleu. Je pense bien
que ce n'est pas dans un aquarium.

LA MEMBROLLE. — Une ménagerie en
province.

BRULON. — Raconte.

LA MEMBROLLE. — Non, monsieur.

BRULON. — Alors, pourquoi nous mets-
tu l'eau à la bouche, avec ton histoire?
Où veux-tu en venir?

LA MEMBROLLE. — Patientez. Savez-
vous... c'est fabuleux, et vous allez
encore vous écrier que je vous monte un
bateau ! — savez-vous combien de fois
de suite le lion est susceptible de...

BRULON. — Rugir?

LA MEMBROLLE. — Oui.

NÉANT. — Non. Renseignez-nous, bon
vieillard.

LA MEMBROLLE. — Soixante-dix-neuf
fois.

BRULON. — Oh ! la la !

NÉANT. — C'est un chiffre.

LA MEMBROLLE. — Et c'est pour ça,
pour cette puissance, qu'il est le roi des
animaux ! Pas pour autre chose. Sa
noblesse morale lui vient de sa vigueur
physique. Par conséquent...

NÉANT, *l'interrompant.* — Permettez,
il ne faudrait cependant pas s'emballer.
Revenons à ce brillant animal. Êtes-
vous bien sûr...

LA MEMBROLLE. — Absolument sûr.
J'étais là, j'ai vu.

BRULON. — Tu as vu les soixante-dix-
neuf?

LA MEMBROLLE. — Ah non ! bien entendu. Pas toutes les soixante-dix-neuf.

NÉANT. — Combien en avez-vous vu?

LA MEMBROLLE. — Une. Je n'en ai vu
qu'une seule.

BRULON. — Eh bien, alors, comment peux-tu affirmer...

LA MEMBROLLE. — Parce que le dompteur, au moment où j'arrivais, m'a certifié que c'était la soixante-dix-neuvième.

Et puis, je l'ai beaucoup connu, ce dompteur. C'était un très brave homme qui avait été mordu très souvent ; il était incapable de mentir.

BRULON. — Ça me fait cet effet-là. (A *La Membrolle*.) Comment, tu n'as

JE L'AI BEAUCOUP CONNU, CE DOMPTEUR.

BRULON. — Ah !

NÉANT. — Ah !

BRULON. — Ça change les choses, mon petit.

NÉANT. — Il y a une nuance.

LA MEMBROLLE, *vexé*. — Pas du tout.

pas honte de nous supposer assez bêtes pour avaler de pareilles vessies ?

LA MEMBROLLE. — Libre à vous de ne pas me croire.

BRULON. — Laisse donc. Toi et ton lion, superbe...

NÉANT. — ...Et généreux ! surtout.

BRULON. — ...Vous faites la paire. Les soixante-dix-neuf, quand on gratte un peu, ça se réduit à une.

LA MEMBROLLE. — Je n'insiste pas. Vous mettez en doute ma parole, à propos du lion, à propos de tout. Je me tais. Je n'ajouterai qu'un détail personnel à l'appui de mon dire, et ceci très discrètement, tout à fait entre nous. (*Baissant la voix.*) Chaque fois que je quitte une femme, je la laisse morte. Elle en a pour trois jours à rester sur sa chaise longue.

BRULON. — Encore.

LA MEMBROLLE. — Que voulez-vous? Je suis comme ça. Maintenant, c'est fini. Du moment que ça vous agace, je ne vous en parlerai plus. Jamais plus.

BRULON. — Et tu feras aussi bien. D'autant que ça n'est pas un si joli sujet de conversation.

NÉANT. — Mais si, Brûlon, mais si. Pas de fausses pudeurs. On peut très bien parler de ça. C'est un plumet comme un autre, une coquetterie patriotique et nationale. Au fond, n'y a rien de plus français. (*Devenant paternel.*) Seulement, croyez-moi, La Membrolle, pas de surmenage ! Un soir viendra où vous le regretterez. Écoutez un doyen qui a eu de belles heures : car j'ai été magnifique, moi aussi, et je me souviens que dans ma jeunesse, aux bains de mer, une charmante femme m'avait surnommé le petit Schaffouse.

BRULON. — ?...

LA MEMBROLLE. — ?...

NÉANT. — Parce que j'avais une belle chute du rein. Là. Je vais vous quitter. Vous êtes de bons petits enfants. Je ne veux pas vous voir fâchés pour une chose si gentille. Vous, La Membrolle, vous en faites peut-être un peu moins que vous n'en dites, et vous, Brûlon, vous affectez d'en dire beaucoup moins que vous n'en faites. Vite, garçons, donnez-vous la main, comme deux frères : vous êtes les Marseillais de l'oreiller.

LES DESSOUS

MARQUIS DE CHEMINÉE, 20 ans, en grand deuil.
PAUL TRUFFIEUX, 31 ans.
RAOUL DE PLAINTEL, 28 ans.

Une plage de sable, déserte, en Bretagne, au coucher du soleil. Il n'y a qu'eux trois en face de la mer. Ils sont assis tous les trois par terre, chacun sur son mouchoir déplié. Truffieux a les jambes nues, avec son pantalon retroussé jusqu'aux genoux.

TRUFFIEUX, *qui rabat son pantalon.* Bête d'idée que vous m'avez donnée de chercher des poissons dans les flaques ! J'ai mon pantalon et mon caleçon trempés. Mon pantalon, je m'en fiche, mais mon caleçon, ça m'embête.

PLAINTEL. Oui. Ne commence pas. Nous savons que tu as un grand soin de tes dessous.

CHEMINÉE. Il a raison.

PLAINTEL. Je ne dis pas qu'il ait tort. Moi aussi, je soigne mes dessous, toi aussi, tous les gens qui se respectent. Seulement, lui, il en parle trop.

TRUFFIEUX. Parce que je ne pense qu'à ça. Et puis, il faut bien parler de quelque chose. De quoi veux-tu qu'on parle ?

PLAINTEL. Moi ? mais de rien. Le soleil se couche, l'air est salé, je respire... j'en demande pas davantage. Tu peux te taire si tu veux, je ne t'interromprai pas.

TRUFFIEUX, *qui a continué à s'examiner.* C'est bien ça, il a déteint, il est perdu. Des étuis que je paye cinquante francs pièce !

CHEMINÉE. Ça n'est pas encore trop cher. L'un dans l'autre, les miens me reviennent à quatre louis chacun.

PLAINTEL. — En quoi donc sont-ils, mon Dieu? Y a de l'or après?

CHEMINÉE. — Ils sont en soie noire, tout bêtement.

TRUFFIEUX. — Noire?

CHEMINÉE. — Sans doute.

TRUFFIEUX. — A propos de quoi?

CHEMINÉE, *avec dignité*. — Eh bien? et mon grand-père, qu'est-ce que vous en faites? Il me semblait que je l'avais perdu il y a six semaines?

PLAINTEL. — C'est vrai.

CHEMINÉE. — Je suis en deuil, mes petits enfants, tout ce qu'il y a de plus en deuil.

TRUFFIEUX. — Je te demande pardon.

PLAINTEL. — Évidemment, tu obéis là à une très gentille pensée filiale, mais enfin, laisse-moi te dire, c'est tout de même un peu du luxe. Au fond, ça n'était pas indispensable.

CHEMINÉE. — On fait les choses comme on les sent. Du moment que mon grand-père m'a mis en noir, je le suis de la tête aux pieds.

PLAINTEL. — Ainsi, moi, je perdrais un des miens, oh! bien entendu, je porterais par en-dessus le deuil en règle..., mais par en-dessous, je ne me ferais pas du tout de scrupules d'avoir des gilets de peau clairs et des caleçons roses. Parce qu'en somme, le dessous, c'est mon chez moi, mon bien-retiro ; je n'en dois compte à personne. Du moment qu'à l'extérieur j'observe la politesse aux morts et les formes, on n'a rien à dire. Et en agissant ainsi, j'ai la conscience de n'être pourtant pas une brute, et de rester très bien élevé, très correct. Sans compter que ça ne m'empêche pas d'avoir du chagrin.

TRUFFIEUX. — Parbleu ! (*A Cheminée.*) Écoute, c'est pas pour lui adresser un reproche. Mais une supposition que c'est toi qui serais mort à la place de ton grand-père? il n'aurait pas fait pour toi ce que tu fais pour lui.

CHEMINÉE. — J'en conviens. Mais c'est pas la même chose, ne comparons pas les enfants aux grandes personnes.

TRUFFIEUX. — Nous n'insistons pas, cher ami. Est-ce toujours Honorat qui te fournit la lingerie et les soies?

CHEMINÉE. — Toujours.

PLAINTEL. — Moi aussi.

TRUFFIEUX. — Moi aussi.

CHEMINÉE. — Il n'y a que lui. Si cette maison-là disparaissait, je ne sais pas ce que nous deviendrions. Nous n'aurions plus qu'à nous jeter dans la Seine.

PLAINTEL. — Le fait est que, pour les caleçons et les gilets de peau, Honorat est simplement extraordinaire?

CHEMINÉE. — A ce point-là c'est de l'art, mettez-vous-le bien dans l'idée.

TRUFFIEUX. — Tiens !

CHEMINÉE. — C'est même plus que ça, c'est un peu de contentement au cours de la vie. Moi, si je n'avais pas à même moi, à même ma peau quelque chose d'amoureux comme tissu qui me satisfasse complètement, sans arrière-pensée aucune, eh bien ! je serais très malheureux. Le dessous, c'est le principal : pour moi, ça passe avant tout le reste. Je le dis comme je le pense : je préférerais avoir un vêtement mauvais, une redingote cochonnée plutôt qu'un caleçon faible ou banal.

TRUFFIEUX. — Je comprends ça.

CHEMINÉE. — Et ne vous imaginez pas que ce soit pour le plaisir de me faire admirer aux heures d'épanchement? Non, j'aime les beaux dessous en égoïste, pour moi tout seul.

PLAINTEL. — Tout ce qu'on aime, c'est généralement comme ça.

CHEMINÉE. — Rien ne me fait plus de

plaisir quand je m'habille ou que je me déshabille dans mon cabinet de toilette, que de m'apercevoir dans les glaces avec de jolies choses qui me collent. Ça me flatte, quoi ! ça me développe, je me sens meilleur.

TRUFFIEUX.   J'ai éprouvé ça souvent. On a de la joie d'être soi-même au lieu d'un autre. On ne se changerait pas avec le voisin pour un empire.

CHEMINÉE.   J'entends quelquefois dire à des gens : toutes ces coquetteries-là, c'est ridicule. Bon pour les femmes, pas pour les hommes.

TRUFFIEUX.   En voilà une bêtise !

CHEMINÉE.   Puisqu'on nous appelle le sexe laid, raison de plus pour que nous ayons un peu de recherche dans notre toilette.

TRUFFIEUX.   Les femmes, quand elles ont des dessous avec des dentelles et tout le tralala, c'est très immoral, parce que c'est pour les montrer. Autrement, veux-tu me dire à quoi ça sert? Tandis que nous...

PLAINTEL.   C'est bien un peu aussi pour qu'on les voie, allons?

TRUFFIEUX.   Sans doute, de temps en temps ; mais enfin, nous, c'est plus naturel. Nous avons plus de droits à la licence que les femmes.

PLAINTEL.   Oui.

TRUFFIEUX.   On prétend aussi que le développement incroyable qu'a pris aujourd'hui le luxe de ce côté-là est un signe caractéristique de corruption. Encore une ânerie ! La preuve, c'est qu'au dix-huitième siècle, où on n'était pas des saints ni des madones, les dessous n'existaient pas.

CHEMINÉE.   On ne se privait pourtant pas de les montrer !

TRUFFIEUX.   Au dehors, tout était soie, satin, brocart et velours ; aussitôt la jupe tournée, on trouvait du torchon et de la grosse toile.

PLAINTEL.   Hé ! hé ! ça devait peut-être donner aux relations un certain ragoût, ce contraste?

TRUFFIEUX, à de Plaintel.   Ne sois pas goujat, ne sois pas postillon, bon ami. Reste l'homme exquis qu'on te connaît. Moi, une femme qui n'aurait pas des pantalons de cinquante louis, ça serait-il une rare intelligence, Catherine II... elle se passera de Truffieux.

PLAINTEL.   Cependant, une femme peut avoir des petits dessous très simples mais de très bon goût...

TRUFFIEUX.   Non, non, non. Ou alors qu'elle n'ait rien du tout. J'aime mieux ça. Tout ou rien. Pas de milieu.

PLAINTEL.   A propos de tout ou rien, figure-toi qu'à Paris, à l'établissement hydrothérapique, il y a, parmi les gens en traitement, un gros monsieur qui ne porte pas de caleçon.

CHEMINÉE.   — Quelle infamie !

TRUFFIEUX.   Pourquoi nous racontes-tu cette horreur?

CHEMINÉE.   Comment sais-tu ça?

PLAINTEL.   A travers la paroi de ma cabine, j'ai entendu le monsieur qui en donnait gravement la raison à son masseur. Tu ne la devinerais jamais, la raison?

CHEMINÉE.   — Dis-la vite, et que ça finisse.

PLAINTEL.   — Il disait : « Je suis ennemi des caleçons, parce que c'est trop long à retirer. Comme ça, s'il m'arrive quelque chose dans la rue et qu'on me porte chez le pharmacien, je suis plus vite mis à nu.

TRUFFIEUX.   — Quel âge a-t-il, ton monsieur?

PLAINTEL.   — Une trentaine d'années avec un bon bedon.

CHEMINÉE. — Brave jeune homme?

TRUFFIEUX. — C'est à désirer qu'il soit renversé par un omnibus.

CHEMINÉE. — Jusqu'à présent, nous n'avons parlé que de satisfaction et que

PLAINTEL. — Y en a bien d'autres. Y en a des tas de crêpes !

CHEMINÉE. — Moi, je les ai tous. C'est comme les jerseys, je les ai tous aussi. Tout ce qui se fait de nouveau en des-

S'IL M'ARRIVE QUELQUE CHOSE DANS LA RUE, JE SUIS PLUS VITE MIS A NU.

d'élégance, mais il y a autre chose dans les dessous : c'est l'influence, quand ils sont beaux, qu'ils ont sur le moral et sur la santé !

TRUFFIEUX. — C'est tellement vrai, qu'il y a le crêpe très connu, qu'on appelle le crêpe de santé.

sous, je l'ai dans les vingt-quatre heures.

TRUFFIEUX. — Avant de partir, as-tu vu la dernière idée d'Honorat?

CHEMINÉE. — Les gilets en jersey de soie dégradée avec une fleur de lis sur l'épaule, imitant la marque au fer rouge de l'ancien régime?

TRUFFIEUX. — Oui.

CHEMINÉE. — Non, je ne les ai pas vus. Mais il m'en a mis de côté. Ils ne seront pas perdus, je les retrouverai après mon deuil. Pour les caleçons, moi je préfère de la soie, et de l'uni. Été comme hiver.

PLAINTEL. — C'est chaud l'été, la soie.

CHEMINÉE. — Je l'endure. (*A de Plaintel.*) Tu ne connais pas mes derniers?

PLAINTEL. — Caleçons?

CHEMINÉE. — Oui.

TRUFFIEUX, *à de Plaintel.* — Il me les a fait visiter, chez lui, la veille du Grand Prix. Ce sont des merveilles.

PLAINTEL. — En quoi?

CHEMINÉE. — En soie, toujours. Noirs avec des petits détails blancs et violets.

PLAINTEL. — Au point de vue du deuil, c'est déjà de la fantaisie.

CHEMINÉE. — C'est vrai. Mais c'était si joli que j'ai cru que je pouvais me le permettre. En somme, ce pauvre grand-père, je ne manque pas pour ça à sa mémoire?

TRUFFIEUX. — Non.

CHEMINÉE. — J'en ai amené une douzaine. Tout à l'heure, avant dîner, quand nous serons rentrés à la maison, je te les ferai voir. Veux-tu?

PLAINTEL. — Je te crois!

CHEMINÉE. — D'autant que voilà la mer qui remonte : elle nous embête.

PLAINTEL. — C'est vrai, elle fait un potin ! On ne peut pas causer.

TRUFFIEUX. — Attendez au moins que je me sois rechaussé.

PLAINTEL. — Nous sommes bons, nous l'attendons.

CHEMINÉE. — Mais dépêche-toi, parce que j'aperçois Bernard, là-bas sur la route, qui nous fait signe que la voiture est attelée.

PLAINTEL. — Là, filons. (*S'arrêtant et montrant la mer à l'horizon.*) Beau, tout de même, cette affaire-là !

CHEMINÉE. — Oui, mais c'est trop toujours la même chose.

PLAINTEL. — C'est vrai que ça se ressemble. Par exemple, en voilà une qui en a, des dessous, et qui doivent être curieux !

CHEMINÉE. — Qui ça?

PLAINTEL. — La mer.

CHEMINÉE. — Ah ! zut ! Tu vas voir mes caleçons, tu vas les voir !

TRUFFIEUX. — Là ! je suis chaussé.

LES DENTS

JULES CHALANDRY, 30 ans, mince et dandy.
BARON DE MOUSQUETTE, 40 ans, un homme superbe.
HENRI BRESSOL, 28 ans, genre fils de boursier.

Tous trois assis au *Jardin de Paris*, dans les grands sièges de paille où on est si bien.
Ils regardent tourner le monde.

CHALANDRY. — Voilà Louise des Epinettes.

BRESSOL. Un Greuze !

CHALANDRY. — Berthe Mandarine.

BRESSOL. Effectivement.

CHALANDRY. — Gabrielle Fontenoy.

BRESSOL. — Effectivement, c'est bien Gabrielle.

CHALANDRY. Jeanne des Hespérides.

BRESSOL. — Oui. Un Greuze.

CHALANDRY. — Tu nous bassines. Tu vois des Greuzes partout.

BRESSOL. — Effectivement. C'est un peintre que j'aime. Papa, dans sa galerie, en a une vingtaine. Il les a achetés pour un morceau de pain. Maintenant, ça vaut une fortune. Certainement, c'est papa qui a les plus beaux Greuzes.

CHALANDRY, *montrant les demoiselles qui passent.* Il n'a pas ceux-là.

BRESSOL. — Nous n'en savons rien. Il ne me raconte pas ses affaires. (*Se tournant vers Mousquette.*) Eh bien ! vieille canaille, tu n'ouvres pas ton bec? Quoi n'y a-t-il donc, hé? Tu penses à des choses?

CHALANDRY, *à Bressol.*   Voilà cinq jours qu'il est comme ça, tu te rappelles?

BRESSOL.   Cinq jours effectivement.

CHALANDRY.   Il se plaint : il dit qu'il est malade.

BRESSOL.   Oui? (*A Mousquette.*) En ce cas, soigne-toi, ma cocotte, va chez le médecin. Veux-tu que je t'en indique un bon?

MOUSQUETTE.   (*Il fait signe que non, que ça n'est pas la peine.*)

BRESSOL.   Des signes ! Tu ne peux donc pas parler?

MOUSQUETTE.   (*Il fait signe que si.*)

CHALANDRY.   Eh bien, alors, lance-toi. Profère un son.

MOUSQUETTE.   Oh ! que vous me fatiguez et que vous êtes embêtants !

BRESSOL.   Gentil ! Très gentil. Tout à fait gentil !

CHALANDRY, *à Mousquette.*   Enfin, qu'est-ce que tu as, voyons?

MOUSQUETTE, *avec effort et d'une petite voix dolente.*   Je ne vais pas. Vous vous souvenez, tous ces temps-ci, comme j'étais drôle.

BRESSOL.   Détrompe-toi, tu n'étais pas drôle. Ah ! mais non !

MOUSQUETTE.   Je veux dire étrange, bizarre. Je souffrais. Ça me tirait partout dans la tête, et j'aime pas ça.

CHALANDRY.   Tu nous as même déclaré : « Si cette plaisanterie continue, je ne la supporterai pas longtemps, je me ficherai un coup de revolver ! »

MOUSQUETTE.   Je l'aurais fait. Cependant hier, je n'y tenais plus, tellement ça m'élançait...

BRESSOL.   Dans la tête?

MOUSQUETTE.   Toujours dans la tête, le front, la mâchoire, partout enfin. Ma foi, j'ai été chez un médecin.

CHALANDRY.   T'a-t-il guéri?

MOUSQUETTE.   Non. Comme tu y vas ! Mais il m'a dit ce que j'avais. Ces gens-là sont épatants, mon cher. Il m'a collé du premier coup mon genre de mal. Ah ! il ne me l'a pas mâché.

BRESSOL.   Raconte vite.

CHALANDRY.   Nous fais pas languir.

MOUSQUETTE.   Il m'a dit : « Vous avez mal aux dents. Pas autre chose. »

BRESSOL.   Allons donc?

MOUSQUETTE.   Absolument. C'était ça. Une grosse du fond.

CHALANDRY.   Crois-tu, tout de même !

BRESSOL.   Te voilà tranquillisé.

MOUSQUETTE.   Moi, je ne m'en doutais pas, j'en étais à cent lieues. Ç'a été une révélation. N'y a qu'une chose qui me rend malheureux dans tout ça.

BRESSOL.   Quoi encore?

MOUSQUETTE.   C'est que je continue de souffrir.

CHALANDRY.   Même après qu'il t'a renseigné?

MOUSQUETTE.   Même après.

BRESSOL.   C'est curieux. Qu'est-ce que tu comptes faire?

MOUSQUETTE.   Je me le demande.

CHALANDRY.   Faut te la faire arracher. Pas d'autre système.

MOUSQUETTE.   Pour que j'aie ensuite un trou qui saigne ! Merci.

CHALANDRY.   Tu le boucheras.

MOUSQUETTE.   Avec quoi?

BRESSOL.   Avec ce que tu voudras. Tu te feras planter une dent postiche.

MOUSQUETTE.   Jamais de la vie. Pas de ça, Lisette !

BRESSOL.   Tu dis que c'est une du fond?

MOUSQUETTE.   Oui, une grosse.

CHALANDRY.   Elle est gâtée?

MOUSQUETTE.   Je n'en sais rien, je ne suis pas dedans.

BRESSOL. — Qu'est-ce que tu ressens?

MOUSQUETTE. — Quand j'appuie dessus, je la sens longue, longue, et puis molle comme si elle était en beurre.

CHALANDRY. — C'est qu'elle est gâtée !

MOUSQUETTE. — Vous êtes gais. Mais heureusement qu'il y a un autre moyen.

BRESSOL. — Quel?

MOUSQUETTE. — C'est de se faire brûler le nerf. Plus de nerf, plus de douleur.

BRESSOL. — Pas sûr. Ça pourrait très bien être aussi un petit abcès qui s'amuse à la racine. Si elle est gâtée, elle peut encore être arrangée : mais si c'est un abcès, il n'y a rien à espérer.

CHALANDRY. — Rien. Tant que tu ne l'auras pas fait sauter, tu souffriras, tu te tordras.

CHALANDRY. — Oui. Mais si tu supprimes le nerf, le petit nerf qui nourrit la dent, qui lui communique le suc, elle dépérit, la dent, penche la tête, fiche le camp au grand galop, et puis, un beau matin, elle devient bleue et elle te claque dans la bouche, comme un verre mousseline.

MOUSQUETTE. — J'aime encore mieux ça que de souffrir.

BRESSOL. — Finalement, qu'est-ce que tu fais pour cette dent?

MOUSQUETTE. — Je vais, depuis trois jours, chez un grand dentiste.

BRESSOL. — Et qu'est-ce qu'il bricole, ton grand dentiste, une fois que tu es seul avec lui?

MOUSQUETTE. — Il me panse.

BRESSOL. — Je connais. Il trempe un coton dans une petite bouteille qui pue, et puis il te fourre ça dans la cavité. Mais en dehors de ça, il te renseigne sur ton mal, il te dit quelque chose?

MOUSQUETTE. — Je crois bien !

CHALANDRY. — Qu'est-ce qu'il te dit?

MOUSQUETTE. — Revenez demain.

BRESSOL. — Et tu reviens !

MOUSQUETTE. — Je reviens.

BRESSOL. — Naïf.

MOUSQUETTE. — C'est très joli, naïf ! Mais je voudrais vous voir à ma place.

BRESSOL. — A ta place, nous aurions plus de courage que toi.

CHALANDRY. — Le fait est que, comme énergie, tu n'es pas très brillant. On prend son courage à son cou, que diable ! On vole chez le dentiste, on lui dit : « Otez-moi ça, vite ! » Et puis après, c'est fini, tu es débarrassé.

BRESSOL. — Tu souris, tu te promènes joyeux, la canne à la bouche, en faisant des moulinets avec ton cigare.

MOUSQUETTE. — Oui, oui, allez, allez ! Seulement, il y a la petite formalité que vous passez sous silence. Il y a le moment où on est assis dans le sacré voltaire mécanique, et où le monsieur arrive tout près de vous avec sa main derrière le dos, comme s'il vous cachait un petit Noël, sa main qui tient le davier, la clef, le tire-bouchon entouré d'un linge. Nom d'un bonhomme ! Tenez, parlons d'autre chose, parce que ça me fait froid dans le nombril.

BRESSOL. — Tu n'as pas honte?

CHALANDRY. — Un grand garçon comme toi, taillé en hercule !

MOUSQUETTE. — En dehors des dents, tout ce qu'on voudra ! Je suis très courageux pour un tas d'affaires. Dès qu'il s'agit des dents, va t'asseoir, n'y a plus personne.

BRESSOL. — Tu ne peux pourtant pas vivre sans dents. Faut t'entendre avec elles.

MOUSQUETTE. — Hélas ! En voilà une stupide chose que je n'ai pas encore comprise et que je ne cesserai jamais de reprocher à celui qui nous a créés. C'était si simple de nous faire les dents insensibles ! Il n'y a pas pensé.

CHALANDRY. — Et quel dommage que tu ne te sois pas trouvé là ! tu lui aurais dit.

MOUSQUETTE. — Plutôt deux fois qu'une. Non ! Mais à quoi bon souffrir des dents? Nous ne souffrons pas des ongles, ni des cheveux... Pourquoi faut-il alors que ces petits morceaux d'os nous fassent un mal de chien? Ah ! ils sont là une tapée de savants qui se décarcassent la cervelle à chercher le remède à de grandes maladies, le cancer, la tuberculose, est-ce que je sais? Ils feraient fichtre mieux de s'attaquer au mal de dents. Pasteur, ce qu'il a déniché rapport à la rage, évidemment c'est très gentil. On l'honore pour ça, je n'y mets pas d'obstacle. Mais, dans le fond, ça me fait un beau gras de jambe, à moi, Mousquette ! A quoi ça me sert son virus rabique? Est-ce que je peux me l'appliquer sur ma dent? Non. Eh bien alors? Et puis, sacrelotte, tout le monde n'est pas mordu, tandis que tout le monde a mal aux dents, sans exception.

Aussi, je répète que celui qui trouverait la guérison de ça, on devrait se mettre à genoux devant lui, et lui donner tout ce qu'il demanderait. Ça serait aussi épatant que de nous rendre l'Alsace et la Lorraine. Voilà mon avis. Et puis, bon sang, que ça me fait du mal !

CHALANDRY. — Pauvre vieux ! Je te plains tout de même.

BRESSOL, à *Mousquette*. — Veux-tu que je t'indique une recette excellente pour ne presque jamais souffrir des dents?

MOUSQUETTE. — Indique. Oh ! indique.

BRESSOL. — C'est la vieille marquise de Vierzon qui me l'a donnée peu de temps avant de mourir. Tous les matins, elle se lavait la bouche avec de l'eau dans laquelle elle avait mis un morceau de camphre.

CHALANDRY. — Je l'ai connue ; le fait est qu'elle avait des dents magnifiques.

BRESSOL. — Parbleu ! c'était un râtelier.

MOUSQUETTE. — Gros malin. Je suis bien bon, encore, de t'écouter. Tu me vois fou... et puis tu te payes ma tête. C'est pas d'un ami. Non.

BRESSOL. — Pardonne. On voulait t'égayer. Tu souffres toujours?

MOUSQUETTE. — Oh ! oui. Toutes me font chanter en ce moment. Toutes.

BRESSOL. — Combien en as-tu?

MOUSQUETTE. — Vingt-neuf.

BRESSOL. — Je connais quelqu'un qui en a trente-trois.

CHALANDRY, à *Mousquette*. — Hein? qu'est-ce que tu dirais, si tu en avais trente-trois?

MOUSQUETTE. — Le ciel m'en préserve ! Mais ça n'est pas possible. C'est encore une blague?

CHALANDRY. — Pas du tout. Et il y a plus fort que ça. Tu as bien entendu parler des Touaregs, qui ont été amenés dernièrement en France?

MOUSQUETTE. — Oui, les Touar... Dieu que je souffre !

CHALANDRY. — Eh bien ! ils avaient six doigts à chaque main.

BRESSOL, à *Chalandry*. — Hein ! vois-tu le coup, si on leur apprenait le piano?

CHALANDRY. — Ils joueraient tout ce qu'on voudrait. Mince d'arpèges !

BRESSOL, à *Chalandry*. — Lequel préférerais-tu : d'avoir trente-trois dents, ou bien six doigts?

CHALANDRY. — Je suis bien embarrassé. Les deux sont très épatants.

BRESSOL. — Effectivement. Néanmoins, je pencherais peut-être pour les doigts, parce que ça, six doigts, n'y a pas à dire, c'est chic. On n'est pas tout le monde.

MOUSQUETTE. — Moi, j'aimerais mieux ne plus avoir une seule dent. Rien que des gencives, et puis c'est tout.

CHALANDRY. — Tu n'arrêtes pas de souffrir?

MOUSQUETTE. — Oui.

CHALANDRY. — Regarde les femmes, ça va te distraire. Voilà Louise des Epinettes.

BRESSOL. — Un Greuze.

CHALANDRY. — Berthe Mandarine.

BRESSOL. — Effectivement.

CHALANDRY. — Gabrielle Fontenoy.

BRESSOL. — Encore un Greuze.

. . . .

. . . . (*Et ainsi de suite.*)

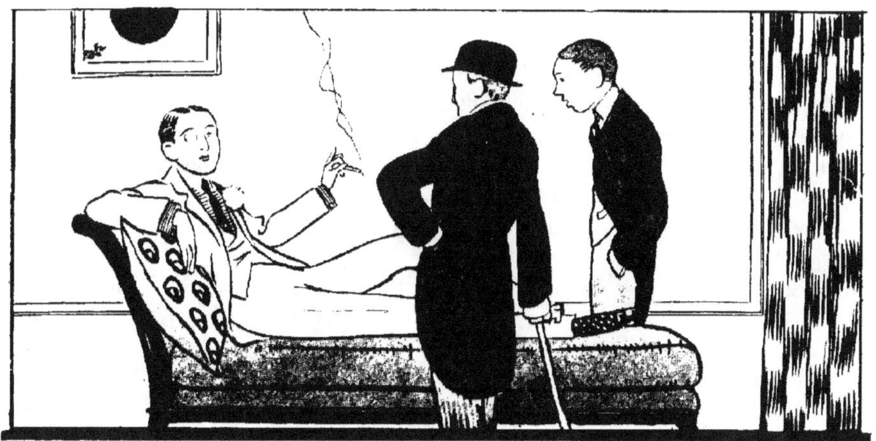

LA CHAUSSETTE

MARQUIS DE SAINT-ÉTOILE, 30 ans.
GONTRAN D'APLANY, 27 ans.
PAUL SOUPLET, 19 ans.

Chez Saint-Étoile, vers cinq heures de l'après-midi. Saint-Étoile est en petit complet d'intérieur, flanelle blanche doublée de crêpe de Chine rose crevette. Chaussettes de soie noire à semis de myosotis. Escarpins de maroquin poli, nuance La Vallière.

D'APLANY, à *Saint-Étoile*. — Alors, aujourd'hui, pas de polo?

SAINT-ÉTOILE. — Pas.

SOUPLET. — Tu nous lâches. Peu camarade.

SAINT-ÉTOILE. — Faute au pied.

D'APLANY. — Une atteinte?

SAINT-ÉTOILE. — Oui.

D'APLANY. — Qui t'a fait ça?

SOUPLET. — Dada?

SAINT-ÉTOILE. — Non. Chaussette.

SOUPLET. — Comment?

D'APLANY. — Comment?

SAINT-ÉTOILE. — Chaussette. Pli de chaussette, coupure.

D'APLANY. — Rien de grave?

SAINT-ÉTOILE. — Non.

SOUPLET. — Tant mieux.

D'APLANY. — Et l'homme de l'art a exigé que tu gardes la chambre?

SAINT-ÉTOILE. — En plein. Et faire travailler ce pied le moins possible.

SOUPLET. — Pour longtemps tu en as?

SAINT-ÉTOILE. — Quarante-huit heures, si j'écoute Esculape.

SOUPLET. — Faut l'écouter.

SAINT-ÉTOILE. — Seulement, je m'embête.

D'APLANY. — Nous sommes là.

SAINT-ÉTOILE. — Mais vous allez vous en aller. Une fois que vous serez dehors?...

D'APLANY. — Lis.

SAINT-ÉTOILE. — Je ne peux pas, ça me fait descendre le sang aux pieds.

SOUPLET. — Généralement, c'est le contraire, la lecture fait grimper le sang à la tête.

SAINT-ÉTOILE. — Je sais bien, mais pas à moi.

D'APLANY. — Oui, tu ne peux rien faire comme tout le monde.

SAINT-ÉTOILE. — C'est de là que me vient mon charme.

D'APLANY. — En attendant, te voilà cloué à la chambre. Tu auras encore voulu innover une chaussette rare...

SOUPLET. — Et puis, tu l'as écorché !

SAINT-ÉTOILE. — Pas du tout. Ça m'est arrivé avec une chaussette ordinaire. Je ne sais pas comment j'ai fait mon compte. Toute la journée, je n'avais rien senti. Ce n'est que le soir en me visitant, avant de me rouler dans mes toiles, que j'ai vu la plaie.

D'APLANY. — Où est-elle placée?

SAINT-ÉTOILE. — Au talon, une rougeur qui a bien trois centimètres.

D'APLANY. — C'est une leçon pour toi. Tu ne penses qu'à la beauté de la chaussette. Pourvu qu'elle te flatte, ça te suffit. Moi, j'en demande davantage. Non seulement je tiens à ce que la chaussette ait de la fantaisie et du brio, mais je veux qu'elle soit saine et hygiénique.

SAINT-ÉTOILE. — Oh ! parbleu, toi, tu as toujours tout sacrifié à l'hygiène !

D'APLANY. — Et je m'en trouve joliment bien.

SAINT-ÉTOILE. — Tu es un type, dans ton genre, toi aussi.

D'APLANY. — C'est possible.

SAINT-ÉTOILE. — C'est sûr. Tu disais tout à l'heure que je ne fais rien comme tout le monde. C'est toi qui es un être à part, voilà la vérité. Tu es végétarien ; été comme hiver, tu portes des chaussettes de laine à doigts...

D'APLANY. — Mes doigts de pied veulent être chez eux.

SAINT-ÉTOILE. — Et quand tu voyages, tu trimbales avec toi ton oreiller, un oreiller spécial, en varech du Danemark. Franchement, y a tout de même un peu de quoi rire.

D'APLANY. — Ris donc, mon vieux. Pouffe à ton aise. Tu ne me changeras pas et je ne me changerai pas. Seulement, tu es forcé de convenir que moi, je n'ai jamais mal aux pieds, tandis que toi, ça t'arrive à tout bout de champ.

SAINT-ÉTOILE. — C'est un hasard.

SOUPLET, *à Saint-Étoile*. — D'où est-ce que tu uses le plus tes chaussettes, toi?

SAINT-ÉTOILE. — Du talon.

SOUPLET. — Moi, des gros orteils. Surtout du gauche. Pourquoi?

SAINT-ÉTOILE. — Tu ne te coupes pas les ongles assez courts, sans doute?

SOUPLET. — C'est idiot, ton observation ! Toi, tu uses tu talon : tu n'as pourtant pas d'ongles au talon. Alors?

D'APLANY. — Moi, je n'use pas. Mais si j'usais, j'aurais plutôt du penchant à user de la cheville.

SOUPLET, *rêveur*. — C'est déroutant ! Lui, du talon ; toi, de la cheville ; moi, des orteils... La raison de tout ça? Oui, c'est bien curieux cette différence des natures, des tempéraments !...

SAINT-ÉTOILE. — Peu importe qu'on use et de quelle manière ! Le tout, c'est d'avoir une jolie chaussette. Un pied d'homme élégant, mon pied, dans une jolie chaussette, je ne connais rien qui vaille ça. C'est entre le bas et le maillot, c'est délicieux, quoi ! Et pour avoir des femmes, c'est d'une importance... capitale !

sens la cour et que nous cherchons à nous rehausser, eh bien, la chaussette joue son rôle, son rôle muet...

SOUPLET. — Je pense bien.

C'EST D'UNE IMPORTANCE... CAPITALE !

D'APLANY. — Capitale est bien le mot.

SAINT-ÉTOILE. — Comment veux-tu que je dise? Vous me comprenez bien. Quand nous sommes près d'une femme désirée, dans un salon, que nous lui fai-

SAINT-ÉTOILE. — Mais son rôle. A chacun de nos mouvements quand nous croisons nos jambes, que nous les décroisons, si elle est belle, la chaussette, heureusement accompagnée d'un chic soulier verni, jamais elle ne passe inaperçue, elle accroche l'œil de la femme, elle lui procure à l'avance une très bonne impression.

SOUPLET.   Pour ça, il a raison.

SAINT-ÉTOILE.   Parbleu ! (A d'Aplany.) Je vais plus loin. Je suppose une minute que tu sois quelqu'un de connu... Shakespeare !... et puis que tu aies des chaussettes de coton blanc : eh bien, essaye de te faire aimer, je t'en défie !

D'APLANY.   Comme je ne suis pas Shakespeare, je ne peux pas essayer, pour te prouver le contraire.

SAINT-ÉTOILE.   Quand même ! Crois-moi, va. J'ai l'expérience. La chaussette est fascinatrice. Et à huis clos, donc ! c'est là qu'elle est d'une ressource ! A ces instants délicats où la femme est prête, pour un rien, à se reprendre avant de se donner, il n'y a pas d'exemple qu'une femme ait été choquée, gênée, par la vue soudaine de deux pieds dans de fines chaussettes à fleurs. Ça les étonne, ça les amuse, ça ne les arrête jamais. Tandis qu'au contraire, il leur suffit quelquefois de voir seulement l'homme en manches de chemise pour être prises de honte et de remords. Et puis, adieu, c'est une affaire ratée. Elles ne veulent plus entendre parler de rien. avec la chaussette. jamais ça à craindre.

D'APLANY.   Tu vas inventer des affaires ! Moi, je suis loin de posséder, comme toi, un trousseau de chaussettes suaves brodées à la main, et ça ne m'empêche pourtant pas d'avoir par-ci par-là mes petites bonnes fortunes.

SAINT-ÉTOILE.   Quoique végétarien?

D'APLANY.   Mais oui. Et puis, c'est pas la même chose.

SAINT-ÉTOILE.   Parlons de ce qui nous intéresse. Voulez-vous avoir une primeur?

SOUPLET.   Nous y consentons.

SAINT-ÉTOILE.   Eh bien, cette nuit, dans une insomnie, il m'est débarqué une très jolie idée, que je vais mettre à exécution.

SOUPLET.   Toujours à ce propos?

SAINT-ÉTOILE.   Bien entendu. J'ai trouvé une chaussette, une chaussette très drôle, que je m'apprête à lancer ; et dame, je serais bien surpris si elle ne faisait pas son chemin.

D'APLANY.   Tu la sais par cœur?

SAINT-ÉTOILE.   Oui.

D'APLANY.   Résume-la.

SAINT-ÉTOILE.   C'est une trouvaille, vous allez voir. Oh ! c'est bien simple, comme toutes les choses réussies. Seulement, il fallait mettre le doigt dessus.

SOUPLET.   Va donc. Pas de préface.

SAINT-ÉTOILE.   C'est tout bonnement la chaussette du collège que je reprends, la chaussette du même bleu coton : mais je la fais en soie : un rien chinée, et je la marque de la même façon qu'au lycée : deux initiales en rouge, avec un chiffre. Moi j'ai déjà choisi le chiffre 22.

SOUPLET.   Les deux cocottes.

SAINT-ÉTOILE.   Et puis, le chiffre et les initiales, pour qu'on les voie, au lieu de les laisser, comme ils étaient, en haut de la tige, toc, je les descends et je les pique sur la cheville du dehors, pied droit comme pied gauche. Hein?

SOUPLET.   Le fait est que c'est charmant.

SAINT-ÉTOILE, à d'Aplany. - Et toi, qu'en penses-tu?

D'APLANY.   J'attends avant de me prononcer.

SAINT-ÉTOILE.   Dis-moi toujours un mot d'encouragement.

D'APLANY.   Je me demande si elle sera hygiénique.

SAINT-ÉTOILE. — Il ne s'agit pas de ça. Trouves-tu l'idée amusante?

D'APLANY. Oui, c'est assez gai.

SAINT-ÉTOILE. Ah! n'est-ce pas? Et puis, frais, gentil, bien imberbe! Ça a sa poésie, ça rappellera le temps des études...

SOUPLET. — ... Quand on ne fichait rien, qu'on était le dernier à tout coup!...

D'APLANY. — ... Qu'on allait en promenade sur les quais, le jeudi!

SOUPLET. Le dortoir.

D'APLANY. — Les bains froids.

SOUPLET. Le tambour.

D'APLANY. Classe d'allemand. *Das Pferd*, le cheval.

SOUPLET. — Le bon temps, n'y a pas à dire. On n'avait pas d'embêtements comme cette année. Tout petit, tout gosse. Pas de dettes. Savait rien de la vie. Dormait bien.

D'APLANY. C'est vrai.

SAINT-ÉTOILE. — Oui. Et tout ça, ma chaussette le rappellera! Avouez que j'ai tapé dans le mille, bons amis?

SOUPLET. — J'en conviens. Mais... mais c'est pas le tout que d'avoir imaginé la chaussette, faut te dépêcher de la réaliser, parce qu'un autre pourrait très bien te la chiper.

SAINT-ÉTOILE. Tu me fais peur. Tu crois vraiment...

SOUPLET. Enfin, presse-toi, parce qu'elle est dans l'air.

LA MAIN ET LE GANT

VICOMTE DES IRIZES, 25 ans.
BARON DE MORDORAY, 30 ans.
PEPE CONCHES Y MENADOS, 27 ans.

En juin, l'après-midi, chez Conches y Menados. Un petit hôtel des Contes d'Espagne et d'Italie, caché sous la verdure, à la Muette. Dans une arrière-cour de marbre rouge et blanc, où jaillit et ruisselle de l'eau fraîche, ils font tous trois la sieste, repus de mollesse, de bien-être et de mélancolie. Chaises longues de paille, nattes, café noir, cigares odorants, lourdes boissons glacées. Et, tendu sur leurs têtes, un grand velum couleur de fraise que la brise, par instants, gonfle à peine. Conches chantonne en s'accompagnant sur la guitare.

CONCHES, *chantant et grattant.* — Me mi-ro de arribaa-ba-jo y lue-go te mi-ro'a ti...

DES IRIZES, *à Mordoray, en lui montrant Conches.* — Crois-tu qu'il a une jolie main, cet animal-là?

MORDORAY. — Oui. Et il le sait bien, va! C'est pas pour autre chose qu'il aime tant jouer de sa guitare. Prétexte à montrer sa patte.

DES IRIZES. — Ces gaillards-là, les Espagnels, quand ils se mêlent d'avoir une jolie main, ils l'ont aussi réussie que leurs femmes ont le pied.

MORDORAY. — Elle était Andalouse et comtesse. Nous connaissons cette balançoire.

CONCHES, *qui n'arrête pas.* — A-le-gri-a me da el ver-te Nena de mi co-ra-zon.

DES IRIZES. — Moi aussi, ma main n'est pas mal. As-tu remarqué?

MORDORAY. — Oui, elle est potable.

DES IRIZES. — Tu n'es pas enthousiaste.

MORDORAY. — Ma foi non.

DES IRIZES. — Je ne prétends pas que ça soit une pièce de musée, parbleu, ni qu'elle ait l'air d'avoir été taillée par le ciseau d'Apelle !

MORDORAY. — Le pinceau. Pas le ciseau. Apelle était peintre.

DES IRIZES. — Es-tu sûr?

MORDORAY. — On le dit beaucoup. Maintenant, si tu préfères que ça soit un sculpteur, ou un pharmacien, je ne suis pas entêté pour un sou.

DES IRIZES. — Non. D'ailleurs, ça n'a pas d'importance.

MORDORAY. — Aucune. La main, pour moi, ça n'existe pas.

DES IRIZES. — Oh !

MORDORAY. — Sans doute, il vaut mieux qu'elle soit présentable. Mais il y a quelque chose que je mets bien au-dessus de la main.

DES IRIZES. — Quoi?

MORDORAY. — Le gant.

CONCHES. — ... Ay que se me llebaer ai-re ! Ay, queerai-re se me lle-ba !

DES IRIZES, à Conches. — C'est un peu rasoir ce que tu nous roucoules, mon petit Pepe, mais c'est tout de même rudement dans la couleur.

MORDORAY, à Conches. — Comment appelles-tu ça?

CONCHES. — Rien. Ce n'a pas de nom. Aires de la Tierra... du terroir... Cé tré ioli, hein?

DES IRIZES. — Tré ioli, mon vieux Pepe. Vas-y, tant que tu voudras. On ne t'écoute pas, mais on t'entend.

MORDORAY. — Ça fait toujours plaisir.

DES IRIZES, à Mordoray. — Tu me parlais du gant. Vraiment, tu le mets tant que ça au-dessus de la main?

MORDORAY. — Oh ! à cent mille pieds ! Le Righi !

DES IRIZES. — Cependant... Explique-toi.

MORDORAY. — La main, elle est ce qu'elle est, on ne peut pas la changer.

DES IRIZES. — Avec ça ! Je te garantis qu'une main, même atroce, dès qu'on se met à la guider, à l'entourer de soins, devient, en très peu de temps...

MORDORAY. — Un peu moins ignoble, soit.

DES IRIZES. — Mais non, tout à fait bonne.

MORDORAY. — Ne dis pas ça.

DES IRIZES. — J'ai des exemples.

MORDORAY. — Je ne veux pas les connaître. Non. Tout ce à quoi ça aboutit, c'est à une très légère amélioration. Pas davantage. La main, c'est la nature qui la fait, il faut la subir telle qu'elle est. Tandis que le gant, c'est l'homme qui le fait, comprends-tu? Il est l'image de la main, l'enveloppe de la main, la protection de la main, la parure de la main, le complément de la main...

DES IRIZES. — Repose-toi une seconde.

MORDORAY. — Ne m'interromps pas. Il est tout cela à la fois, le gant, et en plus, il est l'ouvrage de l'homme, par cela même modifiable et perfectible ! Enfin, c'est un objet d'art, c'est du luxe que nous portons au bout de nos bras et qui nous distingue du vulgaire, des marchands de boules de gomme. Il y a des quantités de gens qui ont une main honorable, ça se voit couramment : mais le gant, ah ! c'est une autre histoire. N'est pas ganté qui veut.

CONCHES. — Todos los contrabandistas... etc.

DES IRIZES. — Il y a bien un peu de vrai dans ce que tu dis.

MORDORAY. — S'il y a du vrai ! Mais c'est clair comme de l'eau de roche, c'est

le bon sens ! Seulement, avec les idées
que j'ai, je souffre bien.

DES IRIZES. — Pourquoi?

MORDORAY. — Parce que je ne trouve
pas que le gant soit aujourd'hui ce qu'il
devrait être. Il n'occupe pas la place
qu'il mérite. Tout le monde a des gants,
c'est une faute, une grosse faute. Si

c'était en mon pouvoir, j'interdirais
l'accès du gant aux basses classes.

DES IRIZES. — Même pour se marier?

MORDORAY. — Même. On se marie
très bien sans ça. Le gant devrait être
réservé… être l'apanage d'une certaine
élite… Enfin, je me comprends.

DES IRIZES. — C'est toujours ça !

MORDORAY. — Mais l'Histoire ! Interroge l'Histoire. Tu trouveras le gant à
chaque pas. On marche dessus, il est
mêlé à tout. Oh ! les gants du passé,
brodés, blasonnés, avec des devises, des
gants qui vous permettaient de faire
un tas de gestes, un tas de mouvements
sans être ridicule. Par exemple, de tenir
une rapière ou de poser le poing sur la
hanche. Pose ton poing sur ta hanche,
aujourd'hui. Je t'en défie ; ça ne rime
plus à rien.

DES IRIZES. — Autre temps.

MORDORAY. — Sale temps ! Et puis,
on ne sait pas les faire.

DES IRIZES. — Quoi?

MORDORAY. — Eux. Les gants. Nous
ne parlons que de ça. On ne sait pas les
faire. On fait des espèces d'ordures en
peau, des étuis dans lesquels nous en-
trons nos doigts, des infamies, quoi !
Mais des gants? Jamais.

DES IRIZES. — Pourtant, tu es toujours admirablement ganté. Comment
t'y prends-tu?

MORDORAY. — Ah ! voilà. Je veux bien
te le dire, mais tu ne le répéteras pas.

DES IRIZES. — Je te promets.

MORDORAY. — J'ai un petit gantier
très fin, très capable, une âme d'artiste,
que j'ai déterré boulevard Ornano. Il
n'a pas de magasin, il travaille en chambre. C'est lui qui me fait toutes mes
mains droites.

DES IRIZES. — Seulement les droites.
Pourquoi pas aussi les gauches?

MORDORAY. — Parce qu'il les rate.
Il ne les sent pas. Il n'a jamais pu me
faire une main gauche. Alors, de guerre
lasse, il y a renoncé le premier. Il m'a
dit : « Monsieur le comte, il est inutile
que je me heurte plus longtemps. Je
vois que je ne suis pas le plus fort. Don-
nez votre gauche ailleurs. »

DES IRIZES. — Et où l'as-tu donnée?

MORDORAY. — Dans le Tyrol, à un tanneur montagnard de Mayrhofen, au fond du Zillerthal. Il y aura deux ans, en octobre, qu'il me fait mes mains gauches.

DES IRIZES. — Bien?

MORDORAY. — Comme un ange.

DES IRIZES. — Tu as de la veine.

MORDORAY. — Oui. Mais remarque comme c'est singulier. Mon petit du boulevard d'Ornano et puis mon homme du Tyrol, voilà deux êtres étonnants qui ont le sens du gant... jusqu'au bout des ongles, c'est le cas de le dire ! Eh bien, personne ne les connaît, mon cher ! Totalement ignorés !

DES IRIZES. — Oui, il y a comme ça des talents qui demeurent obscurs.

MORDORAY. — Et, par là-dessus, il m'arrive une vraie catastrophe !

DES IRIZES. — Quoi donc?

CONCHES. — Si el amor en el mundo...., etc.

MORDORAY. — J'ai été informé la semaine dernière que mon Tyrolien est malade et hors d'état de travailler pendant deux ou trois mois. Voilà !

DES IRIZES. — Troulalaïtou ! Zut ! Qu'est-ce qu'il a, ton peaussier?

MORDORAY. — Il est tombé d'un rocher, dans une chasse à l'aigle, et il s'est cassé le bras.

DES IRIZES. — Lequel?

MORDORAY. — Je ne sais pas, mais c'est un des deux.

DES IRIZES. — Oui. Eh bien, il ne peut donc pas te tanner du bras qui lui reste?

MORDORAY. — Paraît que non. Avoue aussi qu'il est stupide, ce garçon? Quand on est chargé d'exécuter les gants du comte de Mordoray, on ne chasse pas l'aigle, que diable !

DES IRIZES. — Parbleu ! on chasse autre chose de moins casuel, le petit lapin.

MORDORAY. — Non plus. Rien du tout. On se tient tranquille. On est à sa paume, à ses doigts, bien appliqué à son affaire.

DES IRIZES. — Et on laisse les rois de l'air en repos.

MORDORAY. — Enfin, je n'y peux rien, n'en parlons plus. (A *des Irizes*.) Combien pointes-tu?

DES IRIZES. — Sept et demi.

MORDORAY. — Une pointure de tonnelier. Moi, six et quart.

DES IRIZES. — C'est pas assez pour un homme. Moi, j'aime qu'un homme ait de grandes mains. Je trouve ça brave, généreux.

MORDORAY. — Bon à savoir. Quand tu viendras me voir, à la campagne, je te ferai connaître M. Lermitaine, le brigadier de gendarmerie.

DES IRIZES. — Volontiers. Il en a de grandes?

MORDORAY. — Plutôt. Il pointe quatorze.

DES IRIZES. — Tu ne confonds pas avec la pointure de ses bottes?

MORDORAY. — Pas du tout. (A Conches.) Et toi, Pepe, combien pointes-tu?

CONCHES, *qui ne s'interrompt pas de jouer*. — Cinq trois-quarts... Al pensar en el due-no de mis a-mo-res... etc...

DES IRIZES. — Mais tu n'arrêteras donc pas?

MORDORAY. — Tu es donc monté à la clef, garanti deux ans? Qu'est-ce que c'est que ça encore que tu nous verses?

CONCHES. — Las Hijas del Zebedeo, Zarzuela. Tré ioli.

DES IRIZES. — Vas-y. On est tout de même bien, chez toi, tu sais?

MORDORAY. — Oui, vraiment, c'est agréable d'avoir un ami millionnaire.

CONCHES. — Yo me mue-ro de go-zo cuando'el me mi-ra...

DES IRIZES, *assoupi, répétant d'une voix éteinte*. — Me mi-ra...

MORDORAY, *de même*. — Me mi-ra...

DES IRIZES, *pâmé*. — Cristi! Y a des heures, dans la vie, agréables.

MORDORAY. — ... gréables... Oui. Ne parlons plus. Écoutons.

DES IRIZES. — ... coutons.

CONCHES. — Y me dicen ay! lu-cero.... etc...

LE CHAPEAU

BARON D'ESPLANADE, 26 ans.
ANDRÉ DE BOIS-POMPAIN, 20 ans.

GILBERT, son valet de chambre, 10 ans.
M. BEDROTH, chapelier, 50.

Chez d'Esplanade, la veille d'un déménagement. Plus de vingt cartons à chapeau rangés par terre, dans le salon. Assis en face, le baron d'Esplanade et M. Bedroth. Debout près d'eux, Gilbert. Bois-Pompain fume dans un fauteuil, à l'autre bout de la pièce.

D'ESPLANADE. — Alors, vous entendez bien, monsieur Bedroth? Je vous charge exclusivement, avec Gilbert, du transport et de l'emménagement de mes chapeaux.

BEDROTH. — All' right.

D'ESPLANADE, *à son domestique.* — Gilbert, vous obéirez à monsieur Bedroth mieux encore qu'à moi-même, et vous ferez tout ce qu'il vous dira.

GILBERT. — Oui, monsieur.

D'ESPLANADE, *désignant les cartons.* — Les dix, là, à gauche, ce sont mes soies, mes après-midi. Les cinq à droite, mes soirs, mes claques. Les dix au milieu,

mes pailles et mes melons. A côté mes mous. Plus loin, mes montagnes, mes bords de la mer. C'est bien compris?

GILBERT. — Oui, monsieur.

D'ESPLANADE. — J'ai commandé au chemin de fer un petit omnibus.

BOIS-POMPAIN. — Un petit omnibus de famille?

D'ESPLANADE. — Oui. Dans un quart d'heure au plus tard, il sera là. Vous y mettrez les chapeaux par ordre ; c'est Gilbert qui fera le travail manuel, et monsieur Bedroth surveillera.

BEDROTH. — All' right.

D'ESPLANADE. — Quand les chapeaux

seront assis, vous monterez tous deux avec eux dans la voiture. Je vous supplie de ne pas les laisser seuls un instant. Enfin, comme j'en ai fait à l'avance la recommandation, vous veillerez à ce qu'on aille au pas, durant tout le trajet.

BOIS-POMPAIN. — Pourquoi?

D'ESPLANADE. — Parce que de cette manière j'évite pour eux les cahots, et les contusions qui en résultent. (*A Bedroth.*) Ainsi, n'est-ce pas? sous aucun prétexte je ne veux qu'on trotte.

BEDROTH. — All' right.

D'ESPLANADE. — Je ne vous dis plus rien. (*A son domestique.*) Je vous recommande surtout mes claques, Gilbert. J'ai toute confiance en vous.

GILBERT. — Que monsieur le baron soit en repos. Avec moi il ne peut rien leur arriver. (*On entend un roulement de voiture.*) Voilà l'omnibus.

D'ESPLANADE. — Eh bien, je vous laisse tous deux à votre besogne (*A Bois-Pompain qu'il emmène.*) Laissons-les tous deux à leur besogne.

Ils sont à présent dans la pièce voisine dont d'Esplanade a refermé la porte.

BOIS-POMPAIN. — Je comprends qu'on ait soin de ses chapeaux. Mais à ce point-là, vraiment! C'est pis que si l'avais des enfants poitrinaires!

D'ESPLANADE. — Tu me trouves ridicule?

BOIS-POMPAIN. — Non. Du moment que je m'amuse.

D'ESPLANADE. — Je n'ignore pas que je suis méticuleux et que j'exagère.

BOIS-POMPAIN. — Oui. Plutôt un peu.

D'ESPLANADE. — Que veux-tu! C'est à ces conditions que je suis le premier chapeau de Paris!

BOIS-POMPAIN. — Je sais bien !

D'ESPLANADE. — Talleyrand blâmait le zèle, il avait tort. On n'arrive à rien sans zèle.

BOIS-POMPAIN. — Tu en es la preuve.

D'ESPLANADE. — Vivante.

BOIS-POMPAIN. — Il serait confondu s'il te voyait, Talleyrand !

D'ESPLANADE. — Quand j'ai eu fini mes études, du jour où je me suis senti un homme, je me suis dit : « Mon cher petit, il ne s'agit pas de tomber dans l'erreur commune et de vouloir tout faire à la fois. Si tu veux réussir, il faut te créer une spécialité : le pantalon, le gilet ou la chaussure... celle que tu voudras. Qu'est-ce que tu choisis? »

BOIS-POMPAIN. — Tu as choisi le chapeau.

D'ESPLANADE. — Sans hésiter.

BOIS-POMPAIN. — Pourquoi?

D'ESPLANADE. — Parce que c'est ce qu'il y a de plus noble. A cause de la tête. Tout ce qui a des rapports avec la tête est noble.

BOIS-POMPAIN. — Même le peigne?

D'ESPLANADE. — Mais certainement. Dans le domaine respectif de la tête et du pied je mets le peigne bien avant le tire-bouton. Pas toi?

BOIS-POMPAIN. — Je n'ai pas de préférence.

D'ESPLANADE. — Comment ! quand tu prends ton chapeau dans ta main, que tu le mets sur ta bille, que tu le retires pour saluer, que tu le poses sur un meuble... tu ne sens pas que tu tiens quelque chose de sérieux, un objet qui a une valeur à part, une importance morale?

BOIS-POMPAIN. — Non. Je ne vois pas aussi loin que toi. Il ne faut pas m'en vouloir.

D'ESPLANADE. — Je ne t'en veux pas, mais je m'étonne !

BOIS-POMPAIN. — Étonne-toi. Pense que je suis un crétin, je te le permets.

D'ESPLANADE. — En tout cas, tu es bien privé. Il y a tout un ordre de joies qui t'échappe. Ainsi, moi, tu n'as pas idée des satisfactions que je dois au chapeau !

BOIS-POMPAIN. — Par exemple?

D'ESPLANADE. — Ah ! je n'ai que l'embarras du choix. Tiens! quand je mets un chapeau neuf pour la première fois, un chapeau intact, et qui reluit comme une giberne, eh bien, je suis dans un état ! Je ne saurais pas te dire pourquoi, mais je touche au bonheur.

BOIS-POMPAIN. — Il ne t'en faut pas beaucoup, allons !

D'ESPLANADE. — Comme tu dis. Un rien m'amuse. Je ne suis pas blasé! Autre chose : de voir seulement mon chapeau posé sur la table, dans mon cabinet de toilette, ça ne m'est pas indifférent. Je regarde le fond, où il y a mes initiales avec ma couronne, la coiffe en satin, le cuir blanc. Je pense : « C'est mon chapeau, pas celui d'un autre, non, le mien, à moi d'Esplanade ; on l'a fait spécialement pour moi, d'après mon conformateur, en ayant égard à toutes mes bosses, aux caprices de mon crâne. » Eh bien, je te répète, c'est peut-être une faiblesse, mais tout ça me parle, m'échauffe, me surexcite.

BOIS-POMPAIN. — Oui. Moi je ne suis pas comme toi, ça ne m'empêche pas de dormir.

D'ESPLANADE. — Aussi, une chose que je déteste, tiens, et que je n'ai jamais pu tolérer, ce sont les farces avec les chapeaux, les gens qui n'ont qu'une pensée, dès qu'ils vous voient un chapeau propre, c'est de chercher comment ils pourraient vous l'abîmer.

BOIS-POMPAIN. — J'avoue que je trouve ça assez amusant, moi. Démolir un beau tuyau bien lustré, bien pommadé, et qui n'est pas à soi. Très drôle ! Ça m'a toujours paru excessivement drôle.

D'ESPLANADE. — Eh bien, mon bon garçon, si j'ai un conseil à te donner, ne me fais jamais cette blague, parce que je serais capable de te fiche un mauvais coup.

BOIS-POMPAIN. — Oh !

D'ESPLANADE. — Quand on touche à mon chapeau, je vois rouge. Je ne me possède plus.

BOIS-POMPAIN. — Cependant...

D'ESPLANADE. — Y a pas de cependant. Celui qui manque à mon chapeau, c'est comme s'il me manquait à moi-même. Je crois que j'aimerais mieux recevoir une gifle.

BOIS-POMPAIN. — Une gifle?

D'ESPLANADE. — Non, pas une gifle, mais un coup de poing, plutôt qu'une tape à mon tube.

BOIS-POMPAIN. — Mâtin ! Eh bien, moi, je n'ai pas les susceptibilités. Au cas où tu aurais jamais une claque à m'envoyer, je t'autorise... je te prie avec instance de me l'appliquer sur mon Pinaud et Amour. L'intention malveillante de ta part sera évidemment la même, mais enfin ma joue demeurera vierge. Et dame, c'est une considération qui a son prix.

D'ESPLANADE. — C'est entendu. Tu peux y compter.

BOIS-POMPAIN. — Merci, ami. (*On fait toc-toc à la porte.*) Ouvre donc, on frappe.

D'ESPLANADE, *qui ouvre et qui se trouve en face de son domestique.* — C'est vous, Gilbert ! Ah ça ! vous n'êtes donc pas encore parti?

GILBERT. — Si, monsieur.

D'ESPLANADE. — Alors, vous êtes déjà revenu? Ça n'est pas possible.

GILBERT. — En effet, monsieur. Seulement, voilà...

D'ESPLANADE. — Quoi?

IL Y A EU UN ACCIDENT.

GILBERT. — C'est qu'il y a eu un accident.

D'ESPLANADE. — Ah! mon Dieu! Parlez!

GILBERT. — Les chapeaux, monsieur...

D'ESPLANADE. — Je m'en doutais. Eh bien?...

GILBERT. — Eh bien, monsieur, les chapeaux, ils ont eu du malheur. C'est au tournant d'une petite rue dont je ne sais pas le nom, monsieur. Notre omnibus était bien sage, elle allait au pas, elle était tranquille, quand elle a été charriée de biais par une voiture de tonneaux, monsieur, qui nous a culbutés et qui a bien échappé de nous tuer.

D'ESPLANADE. — Les chapeaux?

GILBERT. — Sont roulés et tombés avec nous, naturellement.

D'ESPLANADE. — Et alors?

GILBERT. — Et alors, dame, monsieur, ils ne sont plus mettables.

D'ESPLANADE. — Mes après-midi? mes...

GILBERT. — Les après-midi, les soirs, la montagne et le bord de la mer, tout ça est aplati, monsieur. Bon à jeter.

D'ESPLANADE. — Nom d'un petit...

GILBERT. — Oui, c'est contrariant.

D'ESPLANADE. — En somme, qu'est-ce qu'il reste?

GILBERT. — Rien, monsieur. A part les mous, tout a souffert.

D'ESPLANADE. — C'est charmant.

GILBERT. — Et puis, c'est pas tout, monsieur. J'ai aussi un doigt cassé!

D'ESPLANADE. — Eh bien, ça n'est pas une affaire.

GILBERT. — Monsieur trouve?

D'ESPLANADE. — Qu'est-ce que vous diriez donc si vous étiez à ma place?

GILBERT. — Je dirais : Gilbert, vous venez de risquer le coup de la mort pour mes bosselards, voilà vingt francs.

D'ESPLANADE. — Ah ça! vous vous moquez de moi. Sortez, et un peu plus vite.

BOIS-POMPAIN, *prenant un louis dans sa poche.* — Tenez, Gilbert, les voilà, les vingt francs.

GILBERT, *confondu.* — Oh! monsieur!

BOIS-POMPAIN. *à Gilbert.* — Et chaque fois que vous démolirez les galurins de mon ami, je vous en donnerai autant. Allez, fidèle serviteur. (*Gilbert sort.*)

D'ESPLANADE. — Non, vraiment! vraiment!

BOIS-POMPAIN. — Dis qu'elle est drôle. Moi, je la trouve excessivement drôle. (*Il se réjouit.*)

LES CRAVATES

VICOMTE DE SAFRAN, 29 ans.
GRATIEN, son valet de chambre, 58 ans.
PAUL DES SOUPIRS, 20 ans.
LE VALET DE CHAMBRE DU PRINCE DE CAPRI, 40 ans.

Trois heures de l'après-midi. Chez Safran. Une chambre Louis XIII. Couché dans un grand
lit à colonnes et à baldaquin, le vicomte dort, très pâle, très maigre, avec de longs
bras qui n'en finissent plus, posés sur les draps, de chaque côté de son corps, comme
deux bâtons. Sa respiration fait un bruit de petit soufflet. Gratien est assis près du lit,
tenant un livre : « Les Mystères du Sérail. » Le baron des Soupirs vient d'entrer sur
la pointe du pied ; il regarde avec gravité son ami, et les paroles suivantes s'échangent
entre lui et Gratien, à voix très basse :

DES SOUPIRS. — Pas de mieux?

GRATIEN. — Non, monsieur.

DES SOUPIRS. — Pauvre vieux ! Est-il
changé ! Il est effrayant !

GRATIEN. — Ah ! pour ça, oui, monsieur le vicomte a bien rétréci.

DES SOUPIRS. — En somme, voilà
dix-neuf mois qu'il est comme ça?

GRATIEN. — Dix-neuf mois, oui, monsieur.

DES SOUPIRS. — Pauvre vieux ! Est-
ce que les médecins disent qu'il est tout
à fait?...

GRATIEN. — Oui, monsieur. Plus rien
à espérer. L'épuisement.

DES SOUPIRS. — Question de temps?

GRATIEN. — Comme dit monsieur.
Pure question de temps.

DES SOUPIRS. — Pauvre vieux ! Est-
ce qu'il se voit?

GRATIEN. — Oui, quelquefois, il me demande une glace pour se regarder, mais...

DES SOUPIRS. — Non, je veux dire : Est-ce qu'il voit son état?

GRATIEN. — Non, monsieur.

DES SOUPIRS. — Tant mieux. D'ailleurs, les malades ne voient jamais leur état. Ainsi, moi, quand j'avais quatre ans, ma bonne m'a laissé tomber sur la tête, d'une hauteur de trois mètres. Pendant quinze jours, Gratien, ça n'est pas pour me vanter, mais j'ai été entre la vie et la mort ; eh bien ! je ne m'en doutais pas.

GRATIEN. — A cet âge-là, aussi, ça n'a rien d'étonnant.

DES SOUPIRS. — L'âge n'y fait rien. A quatre ans, moi, j'avais déjà toute ma raison. (*Montrant Safran.*) Faut-il le réveiller? Non, il faut le laisser dormir.

GRATIEN. — C'est peut-être préférable.

DES SOUPIRS. — Pauvre vieux ! Dors, va. Ça te fait plus de bien. (*L'écoutant respirer.*) Il corne un peu, mais il a le sommeil bien pur. Ça serait un meurtre de l'éveiller. Là, je m'en vais. (*A Gratien.*) Pensez-vous que ça lui fera quelque chose de m'avoir manqué?

GRATIEN. — Oh ! il sera désolé. Il a beaucoup d'amitié pour vous.

DES SOUPIRS. — Pauvre vieux ! Moi aussi, ça m'embête de m'en aller comme ça. Sans compter que je viens de loin, que j'ai lâché tantôt un rendez-vous à cause de lui. Je ne lui en fais pas de reproche, mais enfin, c'est pas de veine de tomber juste au moment où il dort !

GRATIEN. — Il dort quand ça le prend, vous comprenez.

DES SOUPIRS. — Précisément, c'est très malsain. Vous devriez le faire dormir le matin, à des heures régulières.

(*Un petit silence.*) Tout de même. Gratien...

GRATIEN. — Quoi, monsieur?

DES SOUPIRS. — Si on le réveillait?

GRATIEN. — Vous voulez...

DES SOUPIRS. — Combien y a-t-il de temps qu'il dort?

GRATIEN. — Une demi-heure.

DES SOUPIRS. — Une bonne demi-heure? Mais c'est pas mal, ça. S'il a dormi une bonne demi-heure, oh ! on peut hardiment le réveiller.

GRATIEN, *le regardant.* — C'est qu'il dort si bien !

DES SOUPIRS. — Pauvre vieux ! Oui, mais ça les affaiblit, les malades, de trop dormir. Au fond, c'est ça qui les éreinte. Réveillons-le. Et puis, ça le distraira de me voir, il sera enchanté.

GRATIEN. — Réveillons-le donc. (*Se penchant sur le vicomte et l'appelant.*) Monsieur !

DES SOUPIRS, *également penché, lui prenant la main.* — Pauvre vieux ! C'est moi, Soupirail, ton ami.

SAFRAN, *ouvrant ses grands yeux.* — Ah ! c'est toi.

DES SOUPIRS. — Oui. Dors, mon vieux ; je ne veux pas te réveiller ; seulement, je ne pouvais pas m'en aller sans te dire bonjour. Dors.

SAFRAN. — Tu es gentil. Hein, crois-tu? crois-tu que ça y est?

DES SOUPIRS. — Quoi?

SAFRAN. — Le coup du lapin.

DES SOUPIRS. — Que tu es bête !

GRATIEN. — Allons donc ! monsieur nous enterrera tous. On ne sait ni qui vit ni qui meurt. (*S'adressant à des Soupirs.*) N'est-ce pas, monsieur, qu'il peut très bien arriver que vous mouriez avant lui, tout d'un coup?

DES SOUPIRS, *sans entrain.* — C'est possible.

SAFRAN, *à des Soupirs.* — Ça me fait plaisir de te voir. Je m'ennuie tant ! Tout seul. Plus de famille. Personne.

DES SOUPIRS. — Eh bien, et la Choute?

SAFRAN. — La Choute, elle est toujours mignonne, parbleu ! Soigne bien son toto. Seulement elle s'embête ici, cette Choute. Alors, je l'envoie se ballader ; elle ne demande pas mieux, et puis ça promène les chevaux. Mes pauvres canards ! Je ne les conduirai donc plus jamais?

DES SOUPIRS. — Mais si.

SAFRAN. — Aujourd'hui, elle est à Auteuil, la Choute.

DES SOUPIRS. — Qu'est-ce qu'elle a pris?

SAFRAN. — Je lui ai conseillé Tournebroche.

DES SOUPIRS. — C'est Plumeau II qui arrive. Elle a perdu d'avance.

SAFRAN. — Tant pis pour moi. (A Gratien.) Pourquoi riez-vous, Gratien?

GRATIEN. — Parce que j'ai trois louis sur Plumeau II.

SAFRAN. — Tant mieux pour vous, Gratien. Vous boirez à ma santé ! Paraît que j'en ai un peu besoin. Là... c'est assommant. Me voilà déjà fatig... Peux plus parler.

DES SOUPIRS. — Ne dis rien. Écoute-moi.

SAFRAN. — Non. Ça me fatigue aussi.

DES SOUPIRS. — Pauvre vieux !

GRATIEN. — Monsieur a-t-il besoin de quelque chose?

SAFRAN. — Non. Rien. Ah si ! La boîte... vous savez.

GRATIEN. — La boîte aux cravates?

SAFRAN. — Oui. Apportez.

DES SOUPIRS. — Tu veux essayer des cravates?

SAFRAN. — Non. Pas essayer. Regarder, tripoter. Et puis, et puis... me sou-

venir. N'y a que ça qui m'amuse. Je m'ennuie tant !

GRATIEN, *apportant un grand coffret de maroquin, rempli jusqu'aux bords de cravates de toutes sortes, qu'il dépose sur une petite table.* — Voilà, monsieur.

SAFRAN. — Non, pas là. Sur mon lit. (*Gratien met la boîte sur ses jambes.*) Pas la boîte. Ça me fait mal. Videz. (*Gratien retourne la boîte, et le flot de cravates, soie, satin, cachemire, se répand sur les draps. Il y en a bien une centaine.*) Ah ! que c'est joli ! J'adore ça. Beau ! Magnifique !

DES SOUPIRS. — Pauvre vieux !

SAFRAN. — Mes dernières cravates, comprends-tu? ma dernière saison bien portante. Je les ai mises toutes une fois ; pas davantage. Mais je me rappelle parfaitement la date, les circonstances. Un calendrier comme un autre, quoi !

DES SOUPIRS. — Vraiment? tu as assez de mémoire pour raccrocher à chaque cravate...

SAFRAN. — Oh ! je crois bien. Celles que tu vois là, je pourrais te les raconter toutes. La grenat à pointillés blancs que j'aperçois là-bas, sur mon pied, et qui est trop loin pour que je l'attrape... Passe-la-moi donc.

DES SOUPIRS. — Voilà.

SAFRAN. — Merci. Je l'ai mise le jour où j'ai giflé Saint-Lunaire, avenue de l'Opéra. C'est de ce moment que nous sommes devenus paire d'amis. Comment va-t-il, ce pauvre Lune?

DES SOUPIRS. — Bien. Il a grande envie de te voir.

SAFRAN. — Qu'il vienne. On regarderait les cravates ensemble, sans cérémonie.

DES SOUPIRS. — Je lui dirai.

SAFRAN. — Le gros bleu avec des motifs jaunes, c'est celle du déjeuner, chez

Joseph, à l'occasion de mon raccommo-
dement avec la Choute.

DES SOUPIRS. — Quand la Choute
t'avait lâché pour le grand Hongrois et

SAFRAN. — C'est le temps où on riait.
A présent !...

DES SOUPIRS. — A présent, on rit
encore, va !

puis qu'elle a eu remords et qu'elle a
lâché le grand Hongrois pour revenir
à toi.

SAFRAN. — Oui. C'est une brave fille.
Tu y étais, à cette agape?

DES SOUPIRS. — Je te crois ! On a ri.

SAFRAN. — Les autres. Plus bibi. (*Il
a envie de pleurer, mais se retient.*)

DES SOUPIRS, *lui prenant la main.* —
Pauvre vieux !

SAFRAN. — Pas me laisser abattre.
Reprenons courage. Cette belle écos-

saise, je l'arborais le matin où j'ai empoigné près de la Cascade cette énorme tape avec Augustina...

DES SOUPIRS.   Augustina?

SAFRAN.   Ma bicyclette.

DES SOUPIRS.   — Ah! oui, la fameuse bicyclette en argent que t'avais commandée à New-York? Qu'est-ce qu'elle devient à présent?

GRATIEN.   — C'est moi qui la monte, monsieur.

SAFRAN.   Elle sert pour faire les courses, pour aller chercher mes sales drogues! Voilà à quoi on l'emploie aujourd'hui, Augustina! A aller chez le pharmacien. Oùs qu'est mon revolver?

DES SOUPIRS.   — Pauvre vieux!

SAFRAN.   Cette verte, c'est un après-midi où j'ai eu au cercle une passe de dix-sept. J'ai levé cinq mille louis. Les pontes bavaient. Cette rose, c'est quand j'ai dû vendre ma belle ferme de Brûla-ville. Quel malheur!

DES SOUPIRS.   Je me souviens, où il y avait tant de bœufs, tant de vaches, tant de gibier. Quels coups de fusil, hein?

SAFRAN.   Sur le moment, ça m'a fait le cœur comme une éponge de bazarder Brûlaville. Aujourd'hui, je m'en con-trefiche. Peux plus bouger de mon ma-telas, j'ai pas besoin de ferme. Enfin, tu vois bien cette petite lilas qui n'a l'air de rien, avec un vermicelle noir? Eh bien, c'est toute une journée à Ville-d'Avray, mais une journée!... oh! mon bon petit Soupirail!

DES SOUPIRS.   — Seul avec quelqu'un?

SAFRAN.   — Et quelqu'un de joli! Un amour d'enfant. Dix-huit ans. Une Espa-gnole du plus haut rang, qui vivait dans sa famille. Archi-honnête! Elle avait un truc pour s'échapper! Ah! la vie! la vie! Y a tout de même des moments

où on trouve bien dur d'y renoncer; ah! oui! C'est égal, cette journée... Olle! olle! Caramelo!

DES SOUPIRS.   Je me doute qu'elle s'est bien passée?

SAFRAN.   Le ciel. (*Avec une mélan-colie soudaine.*) C'est la dernière fois que j'ai encore pu tromper la Choute.

DES SOUPIRS.   Pauvre Choute!

SAFRAN.   — Oui, pauvre Choute, pau-vre moi, pauvre tout! (*On entend un coup de timbre.*)

GRATIEN.   Monsieur permet que j'aille voir?

SAFRAN.   Oui. Mais soyez pas long-temps. (*Gratien sort.*)

DES SOUPIRS, *ne sachant que dire.* — Ah! là! là!

SAFRAN, *qui plonge ses longues mains pâles dans les cravates.* — Oui. En effet.

DES SOUPIRS.   — Mon Dieu! mon Dieu!

SAFRAN.   — A qui le dis-tu? (*Il conti-nue de caresser les cravates.*) C'est agréa-ble, c'est frais. (*Gratien reparaît avec une lettre et un petit paquet.*) Eh bien?

GRATIEN, *lui tendant la lettre et le paquet.* Monsieur, c'est de la part du prince de Capri.

SAFRAN, *lui rendant la lettre.* — Ouvrez et lisez. Moi, ça me fatigue.

GRATIEN, *décachetant et lisant :*

« Mon cher Safran,

» Quand j'ai été vous voir la semaine dernière, vous m'avez fait, avec votre gentillesse habituelle, mille compliments de ma cravate, en me demandant qui me l'avait fournie. Moitié malice et moi-tié coquetterie, j'ai refusé de vous le dire. Aujourd'hui, j'apprends que vous êtes un peu plus souffrant, triste et dans une mauvaise phase. Laissez-moi donc vous offrir cette modeste cravate que vous avez bien voulu me faire l'honneur de remarquer. Promettez-moi, en outre, quand vous serez rétabli, ce qui ne tardera pas, de la porter le jour de votre première sortie.

» Je vous serre la main.

» CAPRI.

» P. S. — Elle vient de chez Clinch et Stanner, à Londres, en face de Burlington Arcade. »

SAFRAN, *tendant les mains.* — Faites-la voir. (*Gratien lui remet le petit paquet développé.*) C'est elle. C'est bien elle. (*A Gratien.*) Est-ce qu'on attend une réponse?

GRATIEN. — Le valet de chambre du prince est dans le vestibule.

SAFRAN, *à Gratien.* — Vous allez lui donner un louis et vous le ferez entrer.

GRATIEN. — Bien, monsieur. (*Il sort.*)

DES SOUPIRS. — C'est très chic.

SAFRAN. — Mieux. C'est charmant, c'est délicat. D'un homme bon, qui a du cœur. (*Le valet de chambre du prince paraît.*) Vous direz au prince que je suis touché, que je le remercie, et qu'il m'a fait un grand plaisir. Vous ajouterez que je lui promets, si jamais je me rétablis, d'aller le voir avec cette cravate à ma première sortie... (*Après une seconde d'émotion dans le visage et dans la voix.*) Et si je meurs, je veux qu'on me la mette pour m'enterrer. Vous ferez bien ma commission, n'est-ce pas?

LE VALET. — Oui, monsieur.

SAFRAN. — Allez, mon ami. (*Le valet sort. Des Soupirs et Gratien se rapprochent de lui. Il les repousse.*) Et maintenant, laissez-moi, fichez-moi tous le camp, j'ai sommeil. Je suis triste. (*Il ferme les yeux, et il s'endort, tenant dans sa main fermée la cravate du prince, vert d'eau à paillettes orange.*)

CANNE ET PARAPLUIE

PIERRE, 20 ans.   PAUL, 19 ans.

Chez Pierre, qui occupe un petit appartement contigu à celui de ses parents, avenue des Champs-Élysées. Pierre achève de s'habiller, il est prêt à sortir. Plus rien ne lui manque. Paul, qui a assisté à sa longue toilette, laisse éclater sa joie que tout soit terminé.

PAUL. — Ouf ! ça n'est pas dommage !

PIERRE, *immobile, debout au milieu de l'antichambre.* — Ne t'emballe pas. Maintenant, fini de rire. A nous les affaires d'État !

PAUL. — A quoi penses-tu?

PIERRE. — C'est très grave.

PAUL. — Tu peux toujours me le dire.

PIERRE. — Je pense — je suis comme César, moi, tu sais? — je pense à plusieurs choses à la fois.

PAUL. — Énumère.

PIERRE. — Primo. Pleuvra-t-il? Fera-t-il beau temps?

PAUL. — Ce n'est pas à moi qu'il faut demander ça, c'est à l'abbé Fortin.

PIERRE. — Dois-je prendre une canne ou un parapluie?

PAUL. — Je te dis : Demande à cet abbé, il est infaillible. S'il te dit : « Il pleuvra ! » Tu peux y aller hardiment, c'est qu'il fera beau temps, et tu prends la canne la plus souriante. Si, au contraire, il te dit : « Mon petit monsieur, nous aurons du soleil », c'est qu'alors il pleuvra à seaux, et tu saisis le joyeux pépin. As-tu compris?

PIERRE. — Oui. Mais je ne l'ai pas

sous la main, cet abbé ; par conséquent, ce que tu me dis ou rien, c'est kif-kif. Et puis, secundo, je pense : à supposer que je prenne une canne, quelle canne faut-il prendre? A supposer que ce soit un parapluie, quel parapluie?

PAUL. — Fais ce que tu voudras. Tu

ton cerveau, sois attentif. Eh bien, ce que je te disais à la minute est très compliqué, beaucoup plus que tu ne le crois. En effet, quand je m'interroge comme tu me vois le faire, il ne s'agit pas pour moi de me demander si c'est telle ou telle canne entre toutes mes cannes, ou

es d'un long ! Il faut vraiment avoir du temps à perdre pour te tenir compagnie.

PIERRE. — Le temps te paraît long parce que tu me tiens compagnie animalement, comme une brute, rien que de corps. Tu ne cherches pas à pénétrer dans ma pensée, à te l'assimiler.

PAUL. — Je ne peux pas t'écouter comme si j'étais Bossuet?

PIERRE. — Non. Mais sois à moi avec

tel parapluie entre tous mes parapluies que je vais prendre. Non, cela ne souffrirait aucune difficulté, c'est très simple : ce dont il s'agit, c'est de savoir si je prendrai au hasard dans le tas, ou bien si je dépareillerai un ménage. Y es-tu, à présent?

PAUL. — Non. Je te demande pardon. Qu'est-ce que c'est que ce ménage que tu as peur de dépareiller?

PIERRE.   Mais rappelle les souvenirs, sacré nom ! Rappelle-les !

PAUL.   Je m'égosille : ils ne viennent pas.

PIERRE.   C'est bien la peine que je me sois donné un mal de chien, l'année dernière, à t'expliquer tout le mécanisme de mes cannes et de mes parapluies !

PAUL. — Ah ! oui. Maintenant, ça me revient vaguement.

PIERRE.   Je t'ai expliqué que j'avais un escadron volant de cannes de toutes sortes, une cinquantaine environ, et puis un petit peloton de parapluies.

PAUL.   Volants aussi?

PIERRE.   Volants.

PAUL.   Combien?

PIERRE.   Une douzaine?

PAUL.   Seulement?

PIERRE.   Oui. Je n'ai pas voulu m'encombrer. Et puis alors, en dehors de ça, je t'ai dit tout au long que j'avais des ménages.

PAUL.   Ah ! oui !

PIERRE.   J'appelle un ménage une canne et un parapluie assortis, qui vont ensemble, qui ont même manche, même pommeau, même bois. Un ménage. Eh bien ! j'ai douze ménages. Naturellement les ménages sont beaucoup plus jolis, plus riches que les volants ! Seulement, je ne saurais pas te dire pourquoi ça me cause une petite impression pénible de prendre une canne ou un parapluie qui fait partie d'un ménage.

PAUL.   Cependant, il faut bien ! Tu ne peux jamais prendre à la fois le ménage complet, la canne et le parapluie?

PIERRE. — Si.

PAUL.   Mais alors on te regarde dans la rue. T'as l'air d'un marchand.

PIERRE.   Tu n'attends pas la fin de ma phrase. Je prends toujours le ménage en voiture !

PAUL.   Fermée?

PIERRE.   Fermée ou ouverte. J'ai des anneaux pour les passer. De cette façon, je les vois tous les deux.

PAUL.   Elle et lui.

PIERRE.   Je suis content. Il peut tomber ce qu'il voudra : de l'eau ou du soleil, je suis armé, j'ai mon ménage.

PAUL.   Pardon? Comment sortons-nous à l'instant? A pied ou en voiture?

PIERRE.   Voilà encore ce que je suis en train de me demander.

PAUL.   Oh ! ami ! bon ami ! Si tu savais comme tu es bassin ! Tu ne peux pas t'en faire une idée.

PIERRE.   A quoi bon? Tu t'en rends compte mieux que moi.

PAUL.   Prends un parti, je t'en conjure. Ou je te lâche.

PIERRE.   Eh bien, je te laisse le soin de décider, parce que moi, je ne suis plus maître de ma pensée.

PAUL.   Quel bonheur ! Ça ne va pas traîner, tu vas voir. Nous allons sortir en voiture.

PIERRE.   Quelle?

PAUL.   Victoria. Tu prendras un ménage.

PIERRE.   Quel?

PAUL.   Tu dis que tu en as douze?

PIERRE.   Oui.

PAUL.   Tu prendras le dernier en date.

PIERRE.   C'est qu'il ne va pas avec ce vêtement.

PAUL.   Quel est celui qui irait?

PIERRE.   Le ménage couleur puce.

PAUL.   Prends le ménage puce. Est-ce fini? As-tu l'esprit en repos?

PIERRE.   Davantage, oui. Je te remercie.

PAUL.   Alors, dis qu'on attelle.

PIERRE. — Les bais marrons?

PAUL. — Si tu veux.

PIERRE. — C'est parce qu'ils vont mieux aussi avec ce vêtement.

PAUL. — Zut! Tu me rases. Et moi, est-ce que je vais avec ton vêtement?

PIERRE. — Ne te fâche pas.

PAUL. — Si. Assez! Trotte chercher ton ménage.

PIERRE. — J'y vais. Tu les connais, mes râteliers de cannes et de parapluies? J'ai des merveilles.

PAUL. — Oui, oui.

PIERRE. — Il n'y a qu'une chose qui me manque pour être heureux : c'est d'avoir une canne qui m'ait été donnée par le prince de Galles.

PAUL. — C'est impossible. Tu sais bien qu'il n'en donne qu'à Febvre. Allons, fichons le camp !

LE LINGE

MARQUIS DE RÉGINAT, 50 ans.　　　JULIEN DES GLAIEULS, 50 ans.
UN REPORTER de l'*Instantané*, 28 ans.　　DÉSIRÉ, valet de chambre du marquis, 50 ans.

Chez le marquis de Réginat, le soir après minuit. Dans un petit salon.
Réginat et des Glaïeuls sont en frac.

I

RÉGINAT, *à son valet de chambre qui se tient à la porte.* — Eh bien, quoi? Vous dites que c'est un reporter? du journal l'*Instantané*? Qu'est-ce qu'il veut?

DÉSIRÉ. — Je ne sais pas, monsieur. Je lui ai demandé, il m'a répondu que ça ne me regardait pas.

RÉGINAT. — Qu'il entre. (*Désiré sort.*)

DES GLAIEULS. — C'est épatant tout de même de se présenter chez toi, à minuit passé, et la veille d'un pareil jour.

DÉSIRÉ, *introduisant le reporter.* — Entrez, monsieur.

LE REPORTER, *nullement embarrassé.* — Je vous demande pardon, monsieur le marquis, d'avoir un peu insisté...

RÉGINAT. — Soyez très rapide, monsieur. Soyez la flèche. Qu'est-ce qui vous amène?

LE REPORTER. — Voilà, monsieur. Vous vous mariez demain.

RÉGINAT. — Jusqu'à présent c'est mon intention.

LE REPORTER. — Vous épousez mademoiselle Piwitt.

RÉGINAT. — Elle-même.

LE REPORTER. — Qui vous apporte vingt millions.

RÉGINAT. — Vingt et un. Ne m'ôtez pas le pain de la bouche.

LE REPORTER. — Gagnés par sa mère avec... Puis-je achever?

RÉGINAT. — Qu'est-ce à dire, monsieur? Sans doute, je vous prie d'achever, et à l'instant même. Gagnés avec quoi, s'il vous plaît?

LE REPORTER. — Oh! monsieur le marquis, loin de moi... gagnés avec la vente d'un médicament, comment dirai-je?... préservatif.

RÉGINAT. — C'est cela même, monsieur, je n'en rougis pas. D'ailleurs, je ne peux pas le cacher. Les pilules Piwitt ont fait le tour du monde.

LE REPORTER. — On dit même que c'est très dangereux.

RÉGINAT. — Stupide. En avez-vous pris?

LE REPORTER. — Jamais!

DES GLAÏEULS. — Je voudrais bien pouvoir en dire autant.

RÉGINAT, à des Glaïeuls. — Ne sois pas ingrat, elles t'ont fait du bien.

DES GLAÏEULS. — Oui, mais cruellement.

RÉGINAT. — Ne mêlons pas les choses. (Au reporter.) En somme, que désirez-vous?

LE REPORTER. — Monsieur, moi, je ne suis pas comme tous mes camarades, qui font de l'interview vieux genre; je cherche à innover. L'autre jour, en songeant à vous, il m'est venu une très bonne pensée.

RÉGINAT. — Ça ne m'étonne pas.

LE REPORTER. — Je me suis dit : Voilà le marquis de Réginat, d'abord possesseur lui-même d'une très belle fortune.

RÉGINAT. — Très belle, monsieur. A trois ans j'avais perdu tous mes parents, proches et reculés, avant même d'avoir eu le temps de m'attacher à eux. Continuez.

LE REPORTER. — Il épouse une jeune fille colossalement riche aussi. Que vont faire mes camarades, tous mes bons camarades? Ils vont aller trouver mademoiselle Piwitt pour l'interviewer sur son trousseau.

RÉGINAT. — Et ils ne s'en sont pas privés. Rien que dans la journée d'aujourd'hui, ma fiancée a dû donner dix-sept consultations sur sa corbeille. Ce soir, elle était un peu lasse.

DES GLAÏEULS. à part. — Qu'est-ce que ça sera demain !

LE REPORTER. — Eh bien, moi, je vais faire autre chose, qui n'a encore jamais été fait !

RÉGINAT. — Dites vite, vous m'effrayez.

LE REPORTER. — C'est le marquis que je vais interviewer, sur son propre trousseau ! Un homme comme lui, qui mène la mode, et qui donne le ton au linge depuis plusieurs années, a évidemment un trousseau de premier ordre. Il faut que je le voie, ce trousseau, et que je le décrive. Alors, je suis venu.

RÉGINAT. — Un peu tard, avouez-le.

LE REPORTER. — C'est vrai. Mais je savais que c'est seulement à cette heure-ci que je vous trouverais libre.

RÉGINAT. — J'allais me coucher. Dix minutes plus tard, vous me trouviez couché. Mon ami des Glaïeuls, qui était sur le point de se retirer quand vous êtes arrivé, peut vous le dire.

LE REPORTER. — Je connais bien aussi monsieur des Glaïeuls.

DES GLAÏEULS. — Allons donc !

LE REPORTER, à des Glaïeuls. — Voilà deux ans que je vous suis de l'œil, monsieur. C'est vous qui avez inventé la petite pince en or pour tenir le caleçon à la chemise.

DES GLAIEULS.   Comment ! vous savez ça?

LE REPORTER.   Il le faut. Et bien d'autres choses encore ! Mais, chut ! Revenons au trousseau du marquis.

RÉGINAT, *préoccupé, un peu indécis.*
Oui. J'entends. Alors, vous voulez que je vous le montre?

LE REPORTER.   Ou que vous me permettiez de m'en approcher quelques instants.

RÉGINAT.   Vous ne toucherez à rien?

LE REPORTER.   Je vous le promets.

RÉGINAT.   Parce que tout ça est aligné sur des tables dans mon appartement de toilette. J'en avais fait faire une exposition ces jours-ci pour que mes intimes pussent venir jeter un coup d'œil, prendre une idée. L'exposition a été fermée ce soir; elle a eu un gros succès, je dois le dire. N'est-ce pas, Glaïeuls?

DES GLAIEULS.   Étourdissant !

RÉGINAT.   Ah ! dame ! je ne crois pas qu'il y ait aujourd'hui à Paris, et même en France...

DES GLAIEULS.   Tu peux dire en Europe ! tu peux aller jusqu'à l'Europe.

RÉGINAT.   Beaucoup de gens qui soient lingés comme moi !

DES GLAIEULS.   Y en a pas. Tu es le seul.

LE REPORTER.   Voyons vite ces belles choses, monsieur le marquis.

RÉGINAT.   Soit, j'y consens.

LE REPORTER.   Merci.

RÉGINAT.   Mais, par exemple, nous n'allons faire qu'entrer et sortir, parce qu'il est très tard et que je suis éreinté.

LE REPORTER.   Soyez sans inquiétude, je vous ménagerai.

RÉGINAT. — Glaïeuls, prends la lampe. *(Ils sortent tous trois.)*

II

Dans l'appartement de toilette. Des tables et des gradins tendus de velours vieux bleu pâle, et du linge, du linge, du linge.

RÉGINAT.   Voilà.

LE REPORTER.   Que de linge !

RÉGINAT.   Voulez-vous que je vous explique les grandes lignes?

LE REPORTER.   C'est ça, les grandes lignes seulement.

RÉGINAT.   Après, j'irai me coucher, et si vous voulez avoir le détail, alors je vous laisserai avec des Glaïeuls. Il est au courant de mon trousseau aussi bien que moi. N'est-ce pas, des Glaïeuls?

DES GLAIEULS.   Avec plaisir.

LE REPORTER.   Monsieur des Glaïeuls est vraiment bien bon.

DES GLAIEULS.   Non. Mais j'ai un esprit avide, je m'intéresse aux choses d'art.

RÉGINAT.   Je commence. D'abord deux classes : la lingerie dure et la lingerie molle. Qu'est-ce que c'est? Les mots le disent. La lingerie dure, ce sont mes chemises de jour, mes plastrons, faux-cols, manchettes, etc. La lingerie molle, ce sont mes chemises de nuit, caleçons, mouchoirs, etc.

LE REPORTER, *qui a tiré son calepin.*
N'allez pas trop vite, s'il vous plaît, parce que j'ai peine à vous suivre.

RÉGINAT.   Tant pis. Attrapez ce que vous pouvez. Pour mon linge de corps, ce que j'appellerai le linge *habité*, je n'ai jamais rien voulu d'efféminé. Pas de fanfreluches. Des toiles anglaises un peu rudes, et du piqué, tout le temps du piqué. Ma lingerie molle comprend deux séries : la série de couleur et la série blanche. Pour la couleur, je n'emploie que la batiste. Pour le blanc, je n'em-

de bain, oh ! alors ! tout ce qu'on veut, je ne suis pas ennemi des tissus câlins et même frivoles. Maintenant...

DES GLAÏEULS. — La lampe me fatigue.

ÇA, C'EST DE TOUTE BEAUTÉ.

ploie que le nansouk. J'aime ce qui est sobre et mâle.

LE REPORTER. — Vous avez bien raison !

RÉGINAT. — Mais, par exemple, pour tout le linge étranger, le linge que je ne porte pas, tel que les fonds de bain, les draps, les taies d'oreiller, les descentes

RÉGINAT. — Pose-la, imbécile. Maintenant, je veux bien être gentil pour vous, je vais vous faire quelques demi-confidences.

LE REPORTER. — Ah?

RÉGINAT. — Tous mes napperons de toilette sont exécutés et brodés par une maison anglaise d'après des dessins dont j'ai la propriété, qui m'appartiennent.

LE REPORTER. - Où est cette maison?

RÉGINAT. - Je ne peux pas vous la nommer. Sachez seulement qu'elle est à Londres.

LE REPORTER. - C'est à Londres, aussi, sans doute, que vous vous blanchissez?

peuvent intéresser vos lecteurs et que je vous livre.

LE REPORTER. - Vous nous gâtez!

RÉGINAT. - Pour ma lingerie molle, les poignets, les empiè<ements et les ourlets sont faits au couvent de Notre-Dame-du-Bon-Secours, à Châteaulin. Quant aux piqûres et aux jours, ils sont faits également en province, dans un

RÉGINAT. - Non, c'est devenu trop banal. Je me fais blanchir en Dauphiné, près de la Grande-Chartreuse. Je vous parlais tout à l'heure de mes chemises de nuit. Je les ai voulues d'une simplicité enfantine : les batistes de couleur, avec les entre-deux en dentelle d'Irlande, tout bonnement. Et les blanches, avec un ourlet plat à la paysanne, et un seul *jour* à même le fil, avant l'ourlet. La chemise du pauvre, quoi?

LE REPORTER. - J'allais le dire.

RÉGINAT. - J'ajoute deux détails qui

ouvroir. Il n'y a encore que les Congrégations pour fournir un travail qui soit consciencieux.

LE REPORTER. - C'est inouï! Jamais je ne me serais douté de tout ça.

RÉGINAT. - Vous ignorez bien d'autres choses. Mon linge de pure fantaisie pour voyage, canot, bicycle, etc., devinez où on me l'établit?

LE REPORTER. - Je ne devinerai pas.

RÉGINAT. - Dans une maison de détention pour femmes. Et vous me croirez si vous voulez, mon cher monsieur, je trouve que ça vous a un petit ragoût... Ça m'excite.

LE REPORTER. — C'est ce que je vois.

RÉGINAT. — Enfin, ce que j'ai peut-être de plus merveilleux, regardez... Ce sont mes mouchoirs. Ça, c'est de toute beauté.

LE REPORTER, *qui regarde.* — Oh ! Et vous vous mouchez là-dedans?

RÉGINAT. — Vous vous moquez de moi. Jamais de la vie.

LE REPORTER. — A la bonne heure. Ce sont des mouchoirs pour la galerie, pour la gloire. Vous en avez d'autres moins bien pour le côté pratique.

RÉGINAT. — Non plus.

LE REPORTER. — Mais alors?

RÉGINAT. — Je ne me mouche jamais, je trouve ça vulgaire. Ou du moins, si ça m'arrive, c'est comme si je ne me mouchais pas, parce que je me suis habitué à ne le faire qu'à de certains moments.

LE REPORTER. — Peut-on savoir?

RÉGINAT. — En dormant, la nuit. Jamais dans le jour. Là, je me sens fatigué. Je vous laisse avec des Glaïeuls. (*A des Glaïeuls.*) Prends la lampe et éclaire monsieur.

LE REPORTER. — Monsieur le marquis !...

RÉGINAT. — Bonsoir, monsieur. A la prochaine. Chaque fois que je me marierai, je serai heureux de vous recevoir. (*Il s'en va en sifflant.*)

LES BIJOUX

LE VICOMTE DE GIROFLAY, 28 ans.
PAUL MANDOLIN, 23 ans.
LE COIFFEUR BERNARD, 45 ans.

Chez Giroflay. Après déjeuner. Giroflay et Mandolin, seuls, fumant des cigares.

I

GIROFLAY, *qui tire sa montre.* — Deux heures ! Ce sacré coiffeur ne viendra plus. Il devait être ici à une heure et demie.

MANDOLIN. — Tu ne peux donc pas te faire ta raie tout seul? Je te la tracerai, moi, si tu veux?

GIROFLAY. — Ça serait du propre ! Et puis, d'ailleurs, il s'agit de tout autre chose. Le coiffeur dont je te parle ne vient pas pour mes cheveux.

MANDOLIN. — Pour quoi, en ce cas? Pour te coiffer?

GIROFLAY. — Non, mon vieux, non. Il vient pour m'acheter des bijoux.

MANDOLIN. — Tu as des bijoux à lui vendre?

GIROFLAY. — Oui, Mandolin.

MANDOLIN. — Et il te les achètera?

GIROFLAY. — Oui, Mandolin.

MANDOLIN. — Cher?

GIROFLAY. — Le plus que je pourrai, Mandolin.

MANDOLIN. — Tu as donc besoin d'argent?

GIROFLAY. — Probable.

MANDOLIN. — Et alors, tu vends tes bijoux? tes beaux bijoux !

GIROFLAY. — Non, pas mes bijoux. D'autres. Les miens, je les garde. Ceux. que je lessive, ce sont des bijoux ignobles qu'un excellent usurier, moyennant une assez forte rétribution, a consenti à me céder. Alors, comme je ne peux pas, bien entendu, garder ces horreurs, je les repasse à un petit perruquier pour dames qu'on m'a indiqué, un petit perruquier qui coiffe des grues.

MANDOLIN. — Et qu'est-ce qu'il en fait de tes bijoux?

GIROFLAY. — Il les revend aux grues tout en leur nettoyant la tête au quinquina.

MANDOLIN. — Très roublard !

GIROFLAY. — De cette façon, tout le monde est à peu près content.

MANDOLIN. — Ça m'étonnait bien aussi que tu vendes tes bijoux ! Après tous les sacrifices que tu t'es imposés pour eux !

GIROFLAY. — Faudrait que j'aie perdu le Nord !

MANDOLIN. — T'en as pour de l'argent. T'en as bien pour cinquante mille francs.

GIROFLAY. — Tout ce que je peux dire, c'est qu'ils sont assurés pour cent mille.

MANDOLIN. — Y a bien des femmes, et des femmes très chic, qui n'ont pas ce que tu as.

GIROFLAY. — Y en a quelques-unes, oui.

MANDOLIN. — Des boutons de manchettes, oh ! que tu en as de jolis ! Ceux avec des brillants entourés d'émeraudes !

GIROFLAY. — Ils sont pas laids, ceux-là. Ils sont amusants.

MANDOLIN. — Et ceux qui sont en saphirs cabochons !

GIROFLAY. — Ils ne sont pas non plus à vomir dessus, ceux-là. Je les ai achetés à Vienne, chez un juif, près du Graben.

MANDOLIN. — Une chose que j'adore, tiens, et qui est une merveille, c'est ton gros bouton de chemise dans lequel il y a une petite pendule qui sonne.

GIROFLAY. — Oui. Je peux dire que je suis le seul à avoir ça. Il a appartenu au khédive. Maintenant, tu sais, n'y a rien de plus difficile à porter que ces grosses pièces-là. Faut que ça soit moi pour ne pas avoir l'air d'un rasta. C'est comme mes bagues.

MANDOLIN. — Ah dame ! Le fait est que je n'ai jamais vu personne avoir des bagues comparables aux tiennes ! Quand tes mains sont garnies, il y a des jours où on ne voit plus la chair de tes deux petits doigts, tellement tu as de l'or et des pierres dessus. On dirait des manches d'ombrelle. C'est même un peu trop, entre nous.

GIROFLAY. — Jamais on n'a trop de bagues.

MANDOLIN. — Cependant, combien en as-tu?

GIROFLAY. — De présentables? Vingt-quatre.

MANDOLIN. — Tu ne les portes pas toutes les vingt-quatre à la fois, voyons?

GIROFLAY. — Ça m'est difficile. Mais je le regrette.

MANDOLIN. — Ce serait affreux !

GIROFLAY. — Non. J'aime les bijoux. Sais-tu pourquoi je tiens aujourd'hui à me faire de l'argent? Pourquoi j'attends le coiffeur comme le Messie? C'est pour me payer une bague qui m'a tapé la rétine avant-hier, rue de la Paix.

MANDOLIN. — Encore une nouvelle?

GIROFLAY. — Trois serpents entrelacés, le serpent du milieu en argent mat, les deux autres en or ; et tous les trois avec un rubis sur la tête... à baver ! je ne te dis que ça ! Et puis lourde. J'adore les bagues lourdes, qui tirent à la main. Ça vous pèse au doigt, ça fait qu'on y pense tout le temps. Et puis, ça donne du joli, du fatigué aux gestes. Moi, qu'est-ce que tu veux? les bagues, ça me tient compagnie. Si je suis seul, n'importe où, et que j'aie mes bagues, je ne m'ennuie pas. Excepté la nuit pourtant, parce que je les retire toujours avant de me coucher. Y en a qui les gardent pour dormir ; je ne suis pas de cette école-là. D'abord, j'aime bien, le soir, quand je les ôte tout le long de mes doigts, et puis que je les verse dans ma petite coupe en bronze où elles font du bruit. Minute agréable ! Enfin, j'ai idée que les bijoux et surtout les bagues, c'est un peu comme nous, que ça a besoin de se reposer, et que le lendemain matin ça reprend son service avec plus de cœur. Ça brille mieux et c'est plus chic, après avoir passé une bonne nuit. Je te jure — on sent ça au toucher, à des riens — que bien des fois il m'est arrivé de quitter à minuit des bagues vannées, claquées, des bagues en beurre, qui n'étaient plus fichues de faire un pas, et le lendemain matin je les retrouvais gentilles, éveillées, ne demandant qu'à partir ! C'était la nuit. Elles avaient fait un bon dodo, comme leur patron.

MANDOLIN. — Tu m'émeus. (*Coup de timbre.*)

GIROFLAY. — On sonne. C'est le coiffeur...

MANDOLIN. — Tu les as là, tes bijoux à laver?

GIROFLAY. *ouvrant un petit meuble.* — Parbleu ! (*Sortant un paquet enveloppé dans un morceau de journal.*) Voilà le trésor ! (*On frappe.*) Entrez.

II

BERNARD. — Excusez-moi, monsieur le vicomte, si je suis un peu en retard. J'ai été retenu par une cliente.

GIROFLAY. — Je vous pardonne. Arrivez vite. J'ai des bijoux à vous vendre, des bijoux de famille. Pas de la mienne. Mais ils sont tout de même de famille.

BERNARD. — Ça m'est égal, ça. Sont-ils beaux?

GIROFLAY. — Magnifiques ! Vous allez voir. (*Il déplie le paquet.*) Tenez. Tout ça, c'est pour vous !

BERNARD. — Mais ils sont très laids !

GIROFLAY. — Je vous crois ! C'est bien pour ça que je vous les repasse.

BERNARD. — C'est de la tout à fait basse marchandise. Vous avez reçu ça d'un usurier?

GIROFLAY. — En plein.

BERNARD. — Pour combien vous a-t-il cédé ces vieux débris?

GIROFLAY. — Pas pour mes beaux yeux. Pour six mille francs.

BERNARD. — Six mille francs ! Ça n'en vaut pas quinze cents !

GIROFLAY. — Ça n'empêche que vous allez m'en donner trois mille.

BERNARD. — Trois mille ! Ah ! monsieur le vicomte, vous n'y pensez pas !

GIROFLAY. — J'y pense très sérieusement.

BERNARD. — Non, non. J'aimerais mieux friser des chauves toute ma vie.

GIROFLAY. — Ça vous rapporterait encore moins que de me donner mes trois mille. Ainsi, n'hésitez pas.

BERNARD. — Je n'hésite pas. Je vous offre mille francs du tout.

GIROFLAY. — Monsieur badine?

BERNARD. — Oh ! monsieur le vicomte, je ne me permettrais pas. Mais, franchement, je vous assure que ça ne vaut pas davantage. Et encore, à mille francs, je ne sais pas comment je ferai pour en sortir.

GIROFLAY. — Vos clientes sont là. Les grues que vous ondulez.

BERNARD, *froissé*. — D'abord, monsieur le vicomte, les grues que j'ondule ne sont pas les premières venues. Et puis, sauf le respect que je dois à monsieur le vicomte, elles ne porteraient pas des infamies pareilles.

GIROFLAY. — Je ne tiens pas à ce qu'elles les portent. Elles feront comme moi, elles les revendront.

avec une chaîne à coulants ou un camée. A présent, il leur faut du Boucheron, du Vever. Ou sans ça, elles brament. J'ai affaire à elles tous les jours ; ça n'est pas drôle. De l'instant où leurs filles ont pris une particule, elles se croient tout permis, elles ont la folie des richesses.

GIROFLAY. — Quinze cents francs, et je ne vous embête plus?

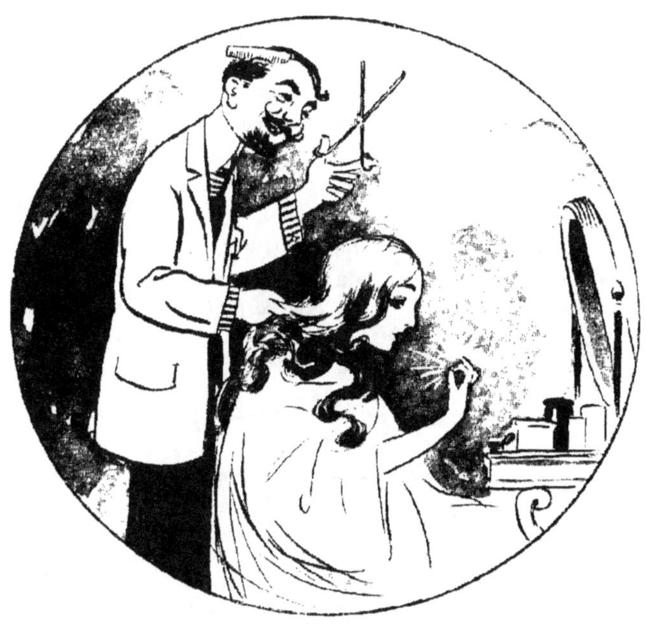

BERNARD. — A qui?

GIROFLAY. — Je ne sais pas. A leurs mères. C'est des vrais bijoux de mères, tout ça.

BERNARD. — On voit bien que vous n'êtes pas au courant. Aujourd'hui, monsieur, les mères de ces dames sont plus difficiles que leurs demoiselles.

GIROFLAY. — Allons donc?

BERNARD. — Il est passé, monsieur, le temps où on les rendait heureuses

BERNARD. — Mille, monsieur le vicomte.

GIROFLAY. — Treize cents, là?

BERNARD. — Mille, monsieur le vicomte.

GIROFLAY. — Douze cent cinquante?

BERNARD. — Non. Inutile.

GIROFLAY. — Douze cents?

BERNARD. — Je vous en prie.

GIROFLAY. — Eh bien, alors mille. Foutez-moi la paix !

BERNARD. — A la bonne heure, monsieur le vicomte est raisonnable.

GIROFLAY. — Vous avez l'argent?

BERNARD. — Le voilà. Je vous le donne tout de suite. J'y perds, vous savez? J'y perds. (*Il lui remet un billet de mille francs.*)

GIROFLAY. — Eh bien, et moi, donc? Qu'est-ce que vous diriez si vous étiez à ma place? Six mille francs de billets ! C'est roide.

BERNARD. — Monsieur est jeune. Monsieur a encore sa mère.

GIROFLAY. — Heureusement. Sans ça !

BERNARD, *prenant congé.* — Je suis le vôtre, monsieur le vicomte. (*Il sort.*)

GIROFLAY, *à Mandolin.* — Je suis tout de même content. J'aurai ma bague. Viens l'acheter avec moi.

MANDOLIN. — Je veux bien. Mais, dis donc, une chose?

GIROFLAY. — Va.

MANDOLIN. — Tu ne te fâcheras pas?

GIROFLAY. — Mais non.

MANDOLIN. — Moi qui n'ai pas le sou... quelquefois, quand j'aurai un rendez-vous pour chauffer une femme, tu voudras bien m'en prêter une? Une de tes bagues?

GIROFLAY. — Tu ne t'embêtes pas !

MANDOLIN. — Une laide.

GIROFLAY. — J'en ai pas de laides, monsieur.

MANDOLIN. — Enfin, une moins bien?

GIROFLAY. — Oui, là.

MANDOLIN. — Tu es gentil, tu es un frère.

GIROFLAY. — Je suis comme ça, j'ai bon cœur. (*Ils prennent leurs chapeaux et sortent.*)

LES GESTES

ARTHUR DE COUTANCES, 32 ans.
ROCHETAILLON, 28 ans.

Dans un compartiment de première classe. Ligne de Bretagne. Ils sont seuls tous deux, en tenue accomplie de voyage.

COUTANCES. — Qu'est-ce que tu as à me regarder de cette façon? Ça te choque de me voir allongé sur la banquette?

ROCHETAILLON. — Mais non. Au contraire, je t'admire. J'admire surtout les gestes. Je les trouve étonnamment réussis. Souvent, je t'observe ; tu n'en as pas un de faux. Le moindre des mouvements que tu fais, c'est d'une justesse, d'une élégance, d'une harmonie... Comment diable t'y prends-tu?

COUTANCES. — Ah ! voilà. Crois bien, vieil ami, que ce n'est pas l'effet du hasard, que ça vient de très loin, que c'est le résultat de longues et patientes études.

ROCHETAILLON. — Je m'en doute.

COUTANCES. — Faudrait pas se figurer que c'est inné, les jolis gestes, qu'on les a du premier coup, en prenant le sein de sa mère. Grave erreur. C'est par le travail, rien que par le travail.

ROCHETAILLON. — Tout demande du travail.

COUTANCES. — Ce qui fait ma force dans la vie, vois-tu, et depuis déjà pas mal d'années, c'est que j'ai trouvé un point de départ. Tout est là ; trouver un bon point de départ. Une fois que ça y est, on peut filer tranquille, droit devant soi.

ROCHETAILLON. — Qu'est-ce que c'est que ton point de départ? Tu ne me l'as jamais dit.

COUTANCES. — Si je te le dis, tu en sauras aussi long que moi. Tu me feras de la concurrence.

ROCHETAILLON. — As pas peur. Le sens de l'émulation m'a toujours échappé. Depuis ma huitième préparatoire jusqu'à ma philosophie, je n'ai jamais cessé d'être le dernier. Tu n'as rien à craindre, va. Rochetaillon n'ira pas sur les brisées.

COUTANCES. — Soit. Mais jure-moi le secret.

ROCHETAILLON. — Je te le jure.

COUTANCES. — Parce qu'il ne faut pas plaisanter ; c'est le programme de ma vie que je te livre là.

ROCHETAILLON. — Sois donc en repos ! Je t'ai juré !

COUTANCES. — Bon. Voilà comment ça m'est arrivé. Un jour, à propos de rien, j'ai fait une remarque géniale. Oh ! géniale ! tout simplement.

ROCHETAILLON. — Ça n'a rien d'extraordinaire.

COUTANCES. — J'ai découvert qu'ici-bas, dans l'existence, *on n'écoutait pas.* Comprends-tu? Qu'on n'écoutait pas ce que vous disiez. Même si c'était... surtout si c'était des choses intéressantes, belles, dignes d'être écoutées. Et en même temps je faisais cette seconde découverte qu'on *regardait* toujours, et très attentivement, les gens qu'on n'écoutait pas. A dater de cette minute, j'avais mon point de départ, je possédais la clef des problèmes.

ROCHETAILLON. — C'est très curieux. Continue.

COUTANCES. — Du moment qu'on regarde et qu'on n'écoute pas, je me suis dit : Ça n'est plus la peine de se casser la cervelle, il n'y a qu'à parler le moins possible avec la bouche. Et c'est avec ses gestes, avec ses attitudes, avec ses jeux de physionomie et de corps qu'on parlera, qu'on se fera écouter.

ROCHETAILLON. — Au fond, ça revient au même. Ce n'est qu'un déplacement de transmission.

COUTANCES. — Tu l'as dit. Alors, à partir de ce jour, j'ai travaillé mes gestes, je les ai cherchés, modifiés, perfectionnés. Et, petit à petit, au fur et à mesure que je faisais des progrès, je ne me servais pas d'autre chose dans la conversation. Eh bien, mon cher, je m'en tire si bien, que j'ai absolument l'air de parler, comme dans le temps. Je suis sûr qu'il n'y a pas, pour tous ceux que je fréquente, deux personnes qui se soient aperçues du changement. C'est à présent que je me tais, que je suis écouté ! Nom d'un petit bonhomme ! Pourquoi? Parce que je parle aux gens avec mes gestes.

ROCHETAILLON. — Tu dis bien aussi quelques mots?

COUTANCES. — Quand nous sommes comme ici, entre camarades, en déboutonné. Mais dehors, dans le monde, je ne dis presque rien. Et, sais-tu ce qui arrive? C'est que je dame le pion à de brillants causeurs qui n'arrêtent pas de conférencer. Quand ils sont à bout d'haleine, et qu'on me demande mon avis sur la question, je n'ai qu'à sourire, spirituellement, et à bouger la main d'une certaine façon... je les mets dans ma poche. Et on se pâme comme si j'avais fait un mot. D'ailleurs, tu sais qu'on peut très bien être étincelant et faire des mots par gestes?

ROCHETAILLON. — Ça ne me paraît pas très facile. Pourtant, je te crois.

COUTANCES. — J'ai bien réfléchi, va. Tout est là, dans les gestes. Pour plaire et réussir, ça suffit. C'est avec eux que tu acquerras la plus haute réputation d'esprit, d'élégance et de chic. Une phrase bien tournée, une expression pittoresque, ah! que c'est vite oublié! Mais un joli geste! la mémoire ne le perd pas de sitôt. Ça se grave dans l'esprit de la personne qui l'a vu, qui en a tressailli.

ROCHETAILLON. — Au cas où elle l'aurait remarqué? Car enfin, on peut très bien se trouver avec des gens pour lesquels tout ça est lettre close.

COUTANCES. — Non. Ou du moins c'est très rare. Une pensée profonde peut n'être pas comprise. Jamais un geste heureux ne passe inaperçu. Et j'ai encore plus raison dès qu'il s'agit des rapports avec les femmes. La femme ne se laisse prendre qu'aux gestes. Exclusivement. Une parole très sobre, très rare, quelques mots de loin en loin, mais accompagnés de regards, de toutes les nuances de regards possibles (car les regards ne sont pas autre chose que les gestes des yeux!), et puis alors des poses de jambes et de mains séduisantes, des abandons de corps, des nonchaloirs de bras, des ports de tête variés selon les sentiments qu'on veut rendre ou les états d'âme qu'on tient à indiquer, une attention soutenue de tout l'être en présence de la personne dont on a entrepris la conquête, voilà tout le secret pour se faire bienvenir!

ROCHETAILLON. — Quel art difficile!

COUTANCES. — Pas tant qu'on le croit. Et puis, quand même! Que de précieux avantages ne retire-t-on pas d'une pareille conduite! D'abord, neuf fois sur dix, cela permet de ne pas penser, tout en vous donnant l'air d'être bourré

d'idées, que vous ne lâchez pas, parce que c'est votre bon plaisir. Enfin, avec ce divin système, vous êtes sûr de ne pas commettre de gaffes, vous n'avez pas à redouter les paroles imprudentes qu'on ne peut plus rattraper. Une attitude ou un regard ne disent jamais de sottises.

ROCHETAILLON. — On peut avoir cependant des gestes malheureux, hardis?

COUTANCES. — En général on les pardonne encore plus facilement qu'une parole fâcheuse. Et puis, en particulier, les femmes ont une indulgence toute spéciale pour ces écarts de la conversation manuelle. Dans tous les cas, un vilain geste est plus aisément réparable qu'un vilain mot. Mais tout ça n'est rien. Ce sont les premiers principes, *rosa la rose*. La grande, la suprême difficulté, t'en fais-tu une idée?

ROCHETAILLON. — Pas très nette.

COUTANCES. — C'est, sans travail apparent, d'une façon toute naturelle, d'approprier ses gestes aux circonstances, à l'endroit où l'on se trouve, aux interlocuteurs. Voilà le *hic*. Tant qu'on n'a pas décroché ça, on n'a rien. Tu penses bien qu'on ne se tient pas de la même manière à un enterrement qu'à un mariage? Eh bien, il en est de même pour tout, du petit au grand. Il y a des gestes nécessaires pour chaque circonstance, les gestes *qui font bien*, et c'est ceux-là qu'il s'agit de pincer pour être en équilibre, pour être harmonieux. Il y a les gestes qui font bien en voiture, et rien qu'en voiture; d'autres au théâtre, et rien qu'au théâtre. Le théâtre lui-même se subdivise. Il y a des gestes de loge et des gestes de fauteuil d'orchestre, des gestes d'Opéra et des gestes de Cirque. Il y a les gestes pendant le spectacle et les gestes d'entr'actes, tous très différents les uns des autres. Et les gestes à table! Et les gestes dans la rue quand on a son chapeau! Et la canne! le parapluie! tout ce qu'on peut en tirer quand on en a fouillé la manœuvre!

rerais une femme, tu serais disposé, le sourire aux lèvres, à te faire couper en morceaux, pour elle, si elle ne t'aime pas, tu n'arriveras tout de même à rien. Et si elle t'aime...

TU REGARDERAS PAR LE JEUNE ŒIL-DE-BŒUF.

Des mondes! Au fond, ça ne s'apprend pas. Il faut le sentir, l'avoir dans l'âme.

ROCHETAILLON. — Et le geste dans l'amour.

COUTANCES. — Oh! ne m'en parle pas. C'est plus fort que tout. Il est d'une importance capitale. Je compte, un jour, écrire quelque chose là-dessus. Tu ado-

ROCHETAILLON. — Prends garde à toi!

COUTANCES. — Non, si elle t'aime, tu ne conserveras son amour que par le geste. Autrement, folie, chansons.

ROCHETAILLON. — Chansons de geste.

COUTANCES. — Es-tu peu sérieux! Tiens, écoute-moi. Le train se ralentit, je vais te donner une preuve de l'importance du geste sur la femme. Tu as remarqué cette ravissante blonde qui est dans le compartiment voisin?

ROCHETAILLON. — Non.

COUTANCES. — Regarde par le petit carreau.

ROCHETAILLON, *qui se précipite*. — Oh ! elle est délicieuse !

COUTANCES. — Apaise-toi. Elle va comme nous jusqu'à Lannion. J'ai encore cinq heures. Eh bien, d'ici Lannion, je veux avoir fait dans son cœur un très grand pas. Regarde-moi bien à partir de maintenant. Tu vas voir comment je m'y prends pour faire un grand pas dans son cœur... Et rien qu'avec des gestes. A la prochaine station... (*Le train se ralentit de plus en plus.*) Justement, on s'arrête. Je vais descendre, je vais aller acheter des gâteaux.

ROCHETAILLON. — Pour les offrir à la dame?

COUTANCES. — Pas si bête. Pour moi les manger. Mais il y a la façon de les manger ! Je vais monter dans son compartiment, et j'opérerai. Toi, tu me regarderas d'ici par le jeune œil-de-bœuf. Oh ! tu ne vas pas t'embêter. (*Il se lève.*) Observe. Je commence mon travail. Et surtout ne perds pas un de mes gestes, à partir de maintenant. (*Il ouvre la portière.*) Là, constate comment je descends. (*Bas.*) Avant Plouaret elle sera à moi.

ROCHETAILLON. — Dans le wagon? Tu vas me montrer ça?

COUTANCES. — A l'œil nu.

ROCHETAILLON. — Mais si elle m'aperçoit à travers les carreaux?

COUTANCES. — Impossible, elle sera subjuguée, elle ne verra que moi.

ROCHETAILLON. — Adieu donc. Tâche tout de même de ne pas faire de trop grands pas dans son cœur? Ça pourrait finir mal.

COUTANCES. — Ça finira comme ça aura commencé : par un geste.

ROCHETAILLON. — Une enjambée.

FIN

TABLE

Pour paraître le 1ᵉʳ Septembre 1914, le n° 95 :

NOUVELLE COLLECTION ILLUSTRÉE
CALMANN-LÉVY

L'ouvrage complet, **95** centimes. Relié, **1** fr. **50**

OCTAVE FEUILLET

DE L'ACADÉMIE FRANÇAISE

LA MORTE

Illustrations de Louis STRIMPL

NOUVELLE COLLECTION ILLUSTRÉE
CALMANN-LÉVY

Paris. — Imp. L. Pochy, rue du Château — 179-14.